魔性のαとナマイキΩ
-Be mine！sideR-
［上］

りょう 著

Illustration
MEGUM

エクレア文庫

CONTENTS

魔性のαとナマイキΩ
-Be mine！sideR-
［上］

Prologue ································· 008

1.Encounter ························· 009

2.Identity ·························· 043

3.Relation ·························· 146

4.Trauma ·························· 227

【書き下ろし番外編】
Modeling job 《紙書籍限定書き下ろし》 ············ 245

あとがき ································ 256

人物紹介

零士 (れいじ) α

人気の若手実力派俳優。
バーでレキを見かけ、
興味を持つ。

レキ Ω

大学生。三兄弟の末っ子。
αを毛嫌いし、
βとワンナイトばかり
していたが…。

α 夏陽 (なつひ)

レキの義兄。

Be mine !
Universe

爽 (そう) β

ソナタと交際中。

ナオト Ω

三兄弟の長男。

ソナタ Ω

三兄弟の次男。

魔性のαと
ナマイキΩ

-Be mine ! sideR-

［上］

【Prologue】

αは俺から『普通』を奪っていく。

——ずっと許せなかった。
同じ位、自分の事も……

雨が続くと眠れない。
　後腐れのない奴を引っ掛けてワンナイト。泥のように眠る為のルーティーン。趣味は童貞の筆下ろし。ヤるなら断然、冴えないβ。
　絶対にαとは寝ない。そう固く決めていたのに。

　時折、髪を撫でながら、頬や耳に熱い唇が触れる。まるで恋人にするように、男は俺を優しく抱いた。

　見覚えのあるシルバーアッシュの髪。信じられなくて目の前のポスターを呆然と見つめた。
　数時間前まで一緒にいたあいつと同じ顔——

【1.Encounter】

悪夢…side レキ

暗い空、響く雷鳴と激しい雨。
思い出したくないのに繰り返す悪夢。
あの日を境に全ての歯車が狂った。

『気持ち悪い』
　ただショックだった。
『お前、Ωだったのか』
　冷たい目で見られ、言葉に詰まる。
『レキが誘ってきたんだ』
　突然の発情に為す術もなく。
『抑制剤も飲まないで誘惑された』
　αとΩ。一瞬で崩れる。
『騙しやがって』
　頭から離れない台詞。
『なんで俺が男なんかと』
　お前の事、友達として好きだったのに……

　すぐに抑制剤を飲んでいれば――
　後悔しても時間は戻らない。

＊　　　＊　　　＊

目を開けると、そこは自分の部屋だった。

また同じ夢……

　雨の音が聞こえ、カーテンを開ける。

　梅雨は嫌いだ。この時期になると嫌でも思い出す。

　憂鬱な気分で起き上がると、リビングが何やら騒がしい。

「ソナタ、早く早く！　映画の制作発表、始まっちゃう」

「零士様、黒髪だ！」

「次は教習所の先生役なのね。こんな素敵な人が隣にいたら、緊張して運転できないわよ」

「新しいCM見た？」

「チョコレートの？」

　ソナ兄と母さんの声だ。ほっとして、リビングのドアを開ける。

「おはよう！　レキ。オムライス食べる？」

　三つ上の兄は塾講師。結婚間近、同棲中の彼氏がいる。

「おはよ。また芸能人にキャーキャー言ってんの？」

　テレビに目を向けると、黒髪の男が爽やかに笑っていた。

　ソナ兄と母さんはミーハーで『零士様』の大ファンである。ドラマの中で笑顔や涙を見せ、時に愛を囁く。所詮、作り物。俺には到底理解できない。

　胡散くさ……αのくせに、にこにこしやがって。　あいつ等と同じα。それだけで憎しみが込み上げてくる。

「αは偉そうだから嫌い」

　そう言うと──

「零士様は違うわ！　完全無欠完璧、神々しいオーラを放ってるけど、謙虚で努力家な人なの。キラキラの笑顔と甘い眼差し。目が合うと失神しちゃうファン続出なんだから」

　物凄い勢いで否定してから、母さんが熱く語る。

なんかの宗教かよ。重症信者だな。
「零士様はαだけどファンにも優しいんだよ。芸能活動しながら学生の時は常に首席。演技ではありとあらゆる賞を取って──」
「いただきまーす」
　ソナ兄も無視してオムライスを口に運んだ。

出会い

　今日も雨。また嫌な夢を見そうだし……

　居酒屋を見回し、できるだけ地味で野暮ったい奴を探す。

　角の席、一人で飲む男を見つけた。俺より少し年上。ダサい瓶底眼鏡、変な柄のＴシャツ。室内なのにキャップを深く被っている。

　前に立つと、そいつは顔を上げた。

「ね……お兄さん、一人？　一緒に飲まない？」

「……いいけど」

　好みの低い声。

「場所、変えない？」

　そう言ってズボンの際どいラインに触れる。男は無言で伝票を手にし、立ち上がった。

　一瞬、ギョッとする。

　βにしちゃ背が高過ぎ。多分190cm以上。小顔に長い足。体型だけ見るとモデルみたいだ。華も雰囲気もないし違うよな……

＊　　＊　　＊

　開いた口が塞がらない。

　輝くエントランス、豪華な絨毯と無駄に煌めくシャンデリア。連れ込まれたのはベルボーイまでいる高級ホテルだった。

　……おいおい。金は持ってんだろうな。俺、今日はそんなに持ち合わせてねぇぞ。

「お帰りなさいませ。お部屋の鍵でございます」

　受付の人がカードを差し出した。

12

部屋に入り、男が眼鏡を外しキャップを取る。

　切れ長の印象的な目、シルバーアッシュの髪。恐ろしく整った顔。ダサいどころか、まさかの美形……

　隠されていた素顔に驚き、思わず見入ってしまった。

「俺の事、分かる？」

　その言葉に違和感を感じる。

　知り合いか……？

　逆ナンした相手の顔なんて、いちいち覚えていない。言われてみたら、見た事があるような気がしてきた。

「……ごめん」

　そう言うと、男は笑ってからシャツを脱ぎ捨てた。

「シャワー浴びる？」

　鍛えられた体は細いのに腹筋が割れている。ついでに物凄い眼力。

　不意に朝のテレビを思い出す。

　──分かった。この男、『零士様』に似ているんだ。

＊　　＊　　＊

　意味不明な広さ。浴槽にはバラが浮いている。生憎（あいにく）の雨で星は見えないが、天窓からは夜空が見えた。

　洗面台に置いてあったアメニティは俺でも知っている高級ブランド。最上階だしスイートルームってやつか？　一体何者!?

　風呂から上がり、バスローブに袖を通した。

　ドアを開けると、そいつは優雅にワインを飲んでいた。

「名前は？」

　俺に気が付き、聞いてくる。

「レキ」

「一応、確認だけど年は？」

「20歳」

「ギリギリか……」

　頬に手を添えられ、流れるような動作でキスしようとしてきた男の腕を掴む。

「キスより早くちょうだい」

　ズボンの上から触れてみるが、男のものは勃っていない。

　流石（さすが）に未経験じゃなかったか……

「ベッドに行こう」

　男は宥（なだ）めるように俺の肩を抱いた。

　……面白（おもしろ）くない。童貞なら触った時点で、スイッチ入って興奮状態になるのに。

　寝室も想像を裏切らないゴージャスな造り。そいつはそっとベッドに俺を座らせた。

　腹立つなぁ……この余裕な顔、崩してやりたい。

　男のを上下に抜くと、すぐに硬くなってきた。

　でも……何、この無表情。

　相手の反応に戸惑う。

　性欲が薄いのか、全く気持ち良さそうに見えない。

「……ごめんね。良くない？」

「いや」

　それなら気持ち良さそうな顔をしろよ。

「そろそろ俺の番ね」

「ぅ、うわッ」

　後ろに手を伸ばされ、焦って顔を見ると、楽しげに笑っている。

「ど、どこ触ってんだよ！　自分で慣らしてあるし、前戯とかいらねぇから」

まず……！　地が出ちまった。
　無視して男が俺に近付く。

　いつの間にかローションで濡れている手。ゆっくりと俺の中に入ってくる。
「……ッ。いらねぇって言ってんだろ。触るなっ」
「触らなきゃ、できないだろ」
　殴ろうとしたら、腕を掴まれた。
「暴れるなよ」
　軽くあしらわれ、カチンとくる。
「ガキ扱いやめろ。離せ！」
　突き飛ばしてやりたいのに、意外と力が強くて振り払えない。
「指抜け……ん、んっ！　か、かき回すなぁ！」
「そんなに抵抗しないで。今、良くしてあげるから」
「んな所に指突っ込まれて気持ちいいわけないだろ」
　あやすように頬を撫でられた。そのままキスされそうになり相手の唇を手で塞ぐ。
「……キスは駄目？」
　男がふと笑う。
　なんだ、その含み笑いは。馬鹿にしてんのか？
「別に必要ないだろ」
　──情が湧いたら面倒。キスなんてしたくない。

　不意に奥を擦られ、全身が粟立つ。
「ん、アッ」
　……な、に今の声。
「感度は悪くない」
「や……やめ……」

男の長い指が俺の中を探る。
「嫌だって言ってんだろ！　離、ァあ……」
「ほら。ここが男の良い所」
「ぅ、うぁ」
　声が抑えられず、慌てて胸を押す。
「良くねぇ！　やめ……んんッ──」
「そう？　でも……前、触ってないのに、こんなになっているのは
どうしてだろうね？」
　俺のは濡れていた。後ろを弄られる度に、栓が壊れたように溢れ
てくる。
「ふっ、ふざけんな！　ぁ……」
　しかも長い。いつまで慣らしてんだよ。女じゃないし、前戯とか
いらねぇだろ。Ωだから少し触れば勝手に濡れるのに。
「も、挿れろ、よ。はぁ……いつまで……っ。やってんだ」
　段々、何かを考えるのが難しくなってくる。
「気持ち良い？」
「……ッ！　気持……い、わけねぇ。いい加減に──ァ、あぁっ！」
　男が急に出し入れを早くしてきた。痺れるような快感に手も足も
出ない。
　このままじゃ……
「や、やめろ」
「……体は喜んでるよ」
　なんだと、この……‼
「っ、アッ……ゥ」
　自分の意志とは関係なく体が痙攣する。男は嫌がる俺を無視して、
行為を繰り返した。
「あァぁッ！」
　耐え切れず欲を吐き出す。

16

……嘘だろ。後ろだけでイッたのなんて初めて。

　男は満足そうな顔をしてから、ゴムの袋を口で切っている。

「ここからが本番」

　妖艶な笑顔に後退（あとずさ）る。本能的に感じる恐怖。男のが挿（はい）ってきた瞬間、全身がガクガクと震えた。

　男は涼し気な顔で俺の中をかき回してきた。

「ッ、あ！」

「どうした……？　こんな場所、気持ち良くないんだろ？」

　気持ち良いわけない。

　クソ。余裕な面（ツラ）しやがって。

「……ん、ヤッ」

「慣れてなくて可愛いね」

　可愛いだと？　この俺が!?

「ふざけ……ッ！」

　文句を言いたかったのに――

　肌を打ち付ける音が静かな部屋に響き、深く奥へと攻められる。

　そんなに押すな。やめてくれ！

　襲い掛かる強烈な射精感。頭が真っ白になり、力が抜けていく。

　もう無理……!!

　体が強張（こわば）り、白濁が零れ落ちる。

「……ッ！　は、はぁはぁ」

　悔しくて男を睨んだ。

「俺の事、気持ち良くしてくれるんじゃないの？」

　この野郎、息すら乱れていない。

「俺はまだなんだ。もう少し頑張って」

　今度は同時に前まで触ってきた。先端を撫でられ、鈴口を指で刺激される。

「ちょ、っと休ませ……あぅ!」

　俺の抵抗にはお構いなし。激しく突いてきて、何度もイカされる。

　結果は惨敗。薄い欲を吐き出し、意識を手放した。

＊　　　＊　　　＊

　シャワーの音で目が覚めた。

　だだ広いベッド。高過ぎる天井。少しずつ目が覚めてくる。

　あいつは風呂か。

　時計を確認すると朝の4時と表示されている。

　……信じられない。俺、あのまま落ちたのか?

　快感で失神するという大失態。

　あの野郎、『やめろ』って言ったのに一切無視だった。好き勝手しやがって……! 『また会わない?』とか誘われたら、手酷く振ってやる。

　ドアを開ける音が聞こえて、目線を上げた。

　濡れた髪に引き締まった体。吸い込まれそうになる瞳。髪から雫が流れ落ちる。

　……男のくせになんて色気だ。腹が立つ。どこがβ? どう見てもαじゃねぇか。

　自分の見る目の無さを恨んでもすでに遅い。

「なんだよ、レキ。じっと見て。足りなかった?」

　そいつは爽やかな顔でとんでもない事を抜かしてきた。

「は、はぁ⁉ そんな訳あるか!」

「ははっ」

　引いていると、男は笑いながら着替えを済ませている。

「起こして悪かったな。俺、仕事なんだ。昨夜は楽しかったよ。ま

だ始発ないし、会計は済ませておくから10時までゆっくりして。体が辛いなら夜まで延長しようか？」
「いらん。10時までに出る。別に辛くねぇし」
「くく……そう？」
　笑ってやがる。もう何もかも気に入らない。

「ホテル代、手持ちがあまり無くて」
　とりあえず財布に入っていた分、出せるだけ出した。
　こんなもんじゃ大して足しにならないと思うが……
「年下から貰えないよ。元々、俺が泊まっていた場所だし平気」
　男は金を受け取らなかった。
「か、鍵は」
「オートロック。そのまま出て、フロントにこのカードキーだけ返して」
　ヘッドボードに置いてあったカードを手渡される。それだけ言うと、奴は俺を置いて行ってしまった。
　電話番号も聞かれなかったし、ライムのＩＤやメールアドレスのメモさえない。初めて寝た相手に誘われなかった。
　あんなα、初めてだ。Ωに執着しないなんて……
　おまけに俺が生意気な態度でも、怒りもせず笑っていた。セックスの回数と強引なのは問題だけれど、意外と優しくてどこも痛くないし。

　すっかり目が覚めてしまい、室内を歩き回っていると、気になるドアを見つけた。
　一体、何部屋あるんだ。ホテルの分際で。
　開いてみると、そこはシアタールームだった。
　色々な種類の映画がある。これもこれも見たかったやつ……

結局、三本も映画を見てしまった。大迫力のサウンド。大きな画面と居心地の良過ぎるソファ。映画館にいるような感覚で思いっきり楽しむという体たらく。

　そういえば奴の名前すら聞いていない。

　次に見つけたら覚えてろよ……

　密かに復讐を誓い、そのままホテルを出た。

秘密

　家族にも誰にも、話せなかった秘密がある。

　俺があいつ等を嫌いな理由。

　──昔、俺はαの玩具(オモチャ)だった。

　始まりは初めての発情期、友達の理人(リひと)に犯された。

　αなのに気さくでスポーツとゲームが好き。趣味も合い、当時よくつるんでいた。

　サインは体の火照(ほて)り。教室で一緒にテスト勉強をしている時、急に体が熱くなった。

　違和感に気付いた時はすでに遅く、考える間もなく発情に翻弄される。信じていたはずの友情はあまりに脆(もろ)く、乱暴に組み敷かれ、自分の甘さを呪った。

「理……人……」

　ただ苦痛しか感じなかった。

　窓を殴るような土砂降りの雨に、雷が混じる。豪雨の音に掻き消されて、俺の声は届かない。

　──いつも優しくて明るかった理人が欲に溺れる様子を見て、初めてαを怖いと感じた。

　終わった後、同じクラスの奴に見られたのが運の尽き。

　あいつは慌てて言ったんだ。

『気持ち悪い。お前、Ωだったのか！　レキが誘ってきたんだ。抑制剤も飲まず誘惑された。騙しやがって……なんで俺が男なんかと！』

理人と話したのはそれきり。ついでに友達だと思っていた奴は皆、離れていった。

　その後、噂が広がるのに、そう時間はかからなかった。
　友達を誘う欲求不満の淫乱Ω。それを聞いた下衆なα達に目を付けられ、ターゲットにされた。
「大人しくしろ！」
　望まない行為を強いられたくない。
　最初のうちは激しく抵抗した。でも必死に暴れても力で敵わない。倍返しされた上に、その後は容赦なし。複数なら尚更。
　次第に抵抗するだけ無駄なんだと諦めるようになった。騒いだりしなければ、殴られたり蹴られたり、痛い思いはしない。
　……別にいいじゃん。減るもんじゃないし。そう思えば、少し気が楽だった。
　俺は自分を可哀想だと思いたくなかったんだ。
　一人でひたすら耐える日々。
『助けて』なんて誰にも言えない。

*　　*　　*

「その怪我……！　もしかして……」
　着替えている時、殴られた痕と蹴られた時にできた痣を、ソナ兄に見られてしまった。
　αはズル賢い。責任問題が発生しないよう、顔や目立つ場所はやらない奴が多い。
　ずっと隠していたのに──
「先生に相談してみたら……？」
　ソナ兄は、イジメの標的にされていると勘違いしていた。

22

「ただの喧嘩だよ。やり返してるから、先生に言ったら俺も停学かも。だから父さんと母さんにも言わないで」

なんでもない事のように笑顔で話す。

家族に相談しようとは思わなかった。

特に母さんは、子どもがΩとして生まれ責任を感じている。父さんも二人の兄も物凄く心配症。

きっと俺が酷い目に遭っていると知ったら、心を痛めるに違いない。

俺の事で、家族が悲しむのは嫌だな……

絶対に知られるもんか。こんな思いをするのは俺一人だけでいい。

今、思えば、誰かを頼るべきだった。担任や保健医、カウンセラー、警察に言い、クソα達の輝かしい未来をぶっ壊して、経歴に傷を付ける事もできたかもしれない。

──でも確実に家族に連絡が行く。

『知られたくない』その一心で隠し続けた。

＊　　＊　　＊

「また怪我……大丈夫？　痛そう」

ソナ兄は泣きそうな顔で、怪我の手当てをしてくれた。

喧嘩だと言っても、こんなに心配するんだ。

『毎日、αに犯されてる』

本当の理由なんて言えるはずがない。

「俺、フリーランニングに、はまってるんだ」

毎回、言い訳が喧嘩だけだと苦しくて、自分なりに考えた。

「フリーランニングって何？」

「公園とか街中で、壁を登ったりフェンスを飛び越えたりするスポ

ーッ」
「危ないよ！」
　ソナ兄は真っ青になっている。
「大怪我する事はやらないよ」
「……それで痣や擦り傷が多かったの？」
「そう。毎回、喧嘩って訳じゃないから、そんなに心配しないで」

　信憑性がなければ、直に疑われる。嘘を本当にする為、フリーラ
ンニングの練習も始めた。
　──隠し通してやる。絶対だ。
『喧嘩』と『練習』と言えば疑われない。
　今まで何人相手にしたか、正直、覚えてないんだ。途方に暮れる
数だって事は確か。
　繰り返される情事。救いは『Ωはすぐ妊娠する』という常識によ
って、行為中は例外なく避妊を徹底していた事。

　　　　　　　　　＊　　　＊　　　＊

「俺以外と寝るな」
　最近、α達がおかしい。
　昨日は『他の男に尻尾を振ってる』と言われ殴られた。
　意味が分からん。別に振ってねぇし。クズは所詮クズ。どいつも
こいつも皆、同じ。
　意味不明なαの独占欲に度々、振り回された。

　抵抗しないと分かると、次第に罪悪感が無くなり日常化。中には
散々、乱暴しておいて告白してくる阿呆な奴もいた。
　そいつ等は皆、同じような事を言った。

『一緒に逃げよう』

　ドラマの主人公にでもなったつもりか？　ガキがどこに逃げるんだ？　現実見ろよ。

『俺が守ってあげる』

　勘違いも程々にしとけ。お前も同じだろ。他の奴と変わらない。

『運命感じてる』

　運命なんてこの世に無い。無理矢理してくる奴が俺の運命とか抜かすな。反吐が出る。

『俺だけのものになれ』

　自分に酔ってんのかよ。じゃあ、俺に執着している奴を全員なんとかしろ。

　α達は、俺を自分だけのものにしようと常に揉めていた。別に俺が魅力的だからというわけじゃない。

『Ωを支配したい』自分の欲に忠実に従う。最初はただの性欲処理のつもり。でも繰り返せばαの独占欲に火がつく。

　α同士が揉めて病院送り、警察沙汰の事態は残念ながら一度や二度ではなかった。αの家族が真実を闇に葬り去り、公にならなかったけれど……

　そんな事をして何になるんだ。我ながら本当に壮絶な人生送っていると思うよ。

　恋とか愛とか恐ろしい物……

　俺はいらない。

決意

「予定より早いんだが、本社勤務が決まった。これが最後の引越しだ」

　父さんの言葉に驚く。

「引越し……？」

　当時、父さんは転勤が多く、今までは憂鬱だったが――

　願ってもない話。あいつ等と離れられる……！

　引越しを機に終わらせる。あと少しの辛抱だ。

　辛く屈辱的な日常。なんとか耐えられたのは、終わりが見えていたから。その日まで俺の黒い噂が、家族の耳に入らないよう、ただ祈るだけ。

　編入する事は当日まで漏らさないで欲しいと、担任に頼み込んだ。秘密が守られた事を考えると、もしかしたら担任は『俺がやられていた事』を知っていたのかもしれない。

　計画的に前日から仮病を使い、担任が用意したお別れ会も休んでやった。忌々しい奴等と会話もせず、顔も見る事なく引越し。

　―――やっと解放される。

　ほっとしたら、笑いが出てきた。

＊　　　＊　　　＊

　段ボールを自分の部屋に運び入れ、気持ちを新たにする。

　ここでは誰も俺の過去を知らない。始めからやり直すんだ。

「空手とテコンドー習ってもいい？」

「レキが自分から何かを習いたいなんて珍しいな。勿論いいぞ」

「せっかくだし護身術も続けたら？」

　両親に相談すると二つ返事で承諾してくれた。

　小さい頃から護身術は習っていたけれど、複数相手だと太刀打ちできない。

　身を守るだけじゃなく相手を制する為。人の造りと急所を学び、より実戦的に。

　やられっぱなしの人生を終わらせる為、自分にできる事を始めた。

　そして護身術の新しい先生との出会いが、更に俺を変えた。

　Ωの子どもがいて理解もあり、指導もΩの性質や弱さを配慮したもの。一対一ではなく多対一の戦い方。実戦的な立ち回り。押し倒された時を想定し、何度も何度も繰り返す。

　──負けたくない。運命は自分で変えてやる。

＊　　　＊　　　＊

　編入初日、首輪を付けた。無理矢理、噛まれないようにすると同時に、自分の身を守る為でもあった。

　αは人のものに興味がない。その心理を徹底的に調べ、考えた末の行動だった。首輪は自分以外、外せない。それを利用する。

「実は番がいるんです」

　言い寄られた場合はそう断った。

　首輪の下は確認できないし、抑制剤はよく効くから、それが嘘か本当か調べられない。第一、誰かのお手付きなんて知ったら、奴等の興味は簡単に失せる。欲しいのは俺じゃない。手に入れたいのは従順で自分だけのΩ。

　作戦は成功。首輪のせいで、何人かαが寄ってきたが、『番』の一言で面白い位、簡単に帰って行った。

信じられない。こんなに上手くいくなんて。
たかが首輪一つで──
予想以上の効果に驚くだけだった。

「レキくんって兄弟いる？」
休み時間、隣の子が話し掛けてきた。
「兄が二人」
「編入試験、満点に近かったって本当？」
周りも新参者に興味津々。
「満点には程遠いよ。でも、ここの柔道部に入りたかったから、試験は頑張った」
全国レベルのハードな部活。生易しい場所じゃ強くなれないし、最初に見た時から決めていた。
「皆は何部？」
「俺達は──」

目指したのは控えめなキャラ。いつも笑顔を絶やさず自己主張はせず、敵も作らない。
クラスメートと飯を食って、くだらない話で盛り上がり笑い合う。
普通の幸せにまだ慣れないけれど……

* 　 * 　 *

『今年の梅雨は雨量が多く──』
天気予報を見て、気分が重くなる。
──同じ季節が来た。
雨が続くと気持ちが不安定になる。ようやく離れたのに、あの時

の夢を繰り返し見てしまい、酷いと眠れない。

　何日も雨が止まず、発情期も近付いていたある日……Ωに興味津々だった一つ年上のβに声を掛けられた。そして俺は、誘われるままにその男と寝た。

　正直下手くそで痛いだけだったが、久し振りにぐっすりと眠る事ができた。

　なんだ。ヤれば眠れるのか。ようやく解決法を見つけた……

　その先輩と数回寝た後、異変が訪れた。
「今日、学食で話してたのは誰だ」
　突然、冷たい口調で問い詰められ、驚く。
「……クラスの友達だけど」
　そう説明しても、納得がいかなかったようで怒ったまま。
「俺だけいればいいだろ。他の男と喋るなよ」
　どこかで聞いた事がある台詞。
　それをきっかけに始まった束縛。挨拶程度でも嫉妬され、回数と共に酷くなる。

　昼休み、同じ部活の奴と話していただけなのに、トイレに連れ込まれ、乱暴に抱かれた。
　俺をオモチャにしていたα達と重なり、怖くなる。
　先輩はβなのに、どうして……
　──Ωのフェロモンのせいなのか？
「……お前がいけないんだ」
　その言葉を聞いて、悟った。
　どんなに害がなさそうな優しい男でも同じ。βもαと変わらない。回数を重ねれば情が湧き、独占欲が出てくる。

あの時みたいになるのは絶対に嫌だ。

　『先生にバレた』嘘をついて、その先輩との関係を終わらせた。

＊　　＊　　＊

　やめたいのに雨のせいで眠れない。

　自分ではどうする事もできず、俺はそれを繰り返した。

　セフレを次々と変えて寝る。二股なんて馬鹿な事はしない。万が一、バレたらここでも総スカンを喰らう。

　相手に不満を感じさせないよう気を配り、情が湧く前に綺麗に別れる。それが最大のテーマ。

　『先生に見つかって、相手が誰か探られてる。これ以上は無理かも……』

　『親に知られた。連れて来いって怒られていて。もう二人きりで会えない』

　良くも悪くも普通のβ。道を外れる度胸も、責任を取る甲斐性もない。大抵はそのどちらかで円満に切れた。

　……嘘ばっかりだな。俺の人生、嘘だらけ。

　俺は別に不幸じゃないし、ぐっすり眠る為なんだ。Ωと一度でいいから寝てみたい、そう思っている奴は結構多い。需要と供給が合えば、誰にも迷惑は掛けない。

　Ωは数が少ない。しかも皆、Ωである事を隠したがるから、首輪は良い餌だった。

　意味ありげに手や腕に触れ、目線を外さない。童貞のβなら大抵、余裕で落ちる。

「俺、Ωを抱くのも、男とするのも初めて」

「優しくしてください……」

同じ台詞をもう何回も言ってるなんて知ったら、こいつも怒るだろうな……

　まるで男なんて知らないような顔をして、俺に近付くβの男を喰い散らかした。

「恥ずかしいから、俺達の事、誰にも言わないで……」

　口止めも兼ねて誰と寝てもそう言った。

　それまで経験のないβ。普通、βは男女で付き合う。βなのに男同士なのは変わっているという周囲の目。俺の見た目はほぼβだし、簡単に秘密は守られた。

「初々しくて可愛い。初めて？」

「うん……」

　平然と嘘をつく。やっぱり俺はどっか、おかしいらしい。

＊　　　＊　　　＊

「レキ。お前、隣のクラスの奴と前に寝た？」

　中には勘のいいβもいる。

　……そろそろ潮時か。

　ようやくできた友人。学生らしい会話。勉強やバイトに励む毎日。穏やかな時間。

　手に入れた『普通』。

　──守れるなら、俺はなんでもする。

居場所

「……ここで食べてもいいですか？」

　緊張しながら屋上に足を踏み入れる。

　後ろ盾を作る為、俺は仲間意識が強いと噂の不良グループに近付いた。溜まり場に毎日足を運び、様子を窺う。

　αも何人かいる。十分に注意して……

「やって来ました。第八回コカコール一気飲み選手権！」

「掛金は一人、500円。ルールはいつも通り、咳込まず一番早く飲み終わった奴の勝ち」

「勝ったらヤバくね？　臨時収入じゃん」

　メンバーは毎日、阿呆な事ばかりしている。

　見た目は派手で喧嘩も強いが、上下関係もほとんどなく仲も良い。色恋方面は意外と硬派。授業はきちんと受け、成績上位者も何人かいる程、真面目なタイプが多かった。

　なんだよ、一気飲み選手権って。しかも八回目。

　飲みきれず次々に咳込んでいる様子を見て吹き出すと、皆の視線が集まった。

「……レキが笑ってんの、初めて見た」

「なんか野良猫を手懐けた気分」

　先輩達が声を掛けてきた。

「だって、いい年して一気飲みとか……ははっ」

　隙を見せないよう日頃から警戒して気を張っていたのに、思わず笑ってしまった。

　トップはαだったが、Ωの俺を対等に扱ってくれた。

彼──烈さんは不思議な人だった。口は悪いが、仲間を大事にし、義理堅く正義感の強い男。そしてαのくせに驚く程、他人に優しい。

　しかもαでは珍しく抑制剤を服用していた。噂だと、歴代の彼女は年上の美人ばかり。男とは一度も付き合った事がないらしい。

　Ωだからと変な目で見ないし、特別扱いもしない。普通の先輩後輩の関係。それはとても新鮮なものだった。

*　　*　　*

　昨日の夕方から降り続く雨のせいで、頭が痛い。
　多分、誰もいないと思うけれど──
　重い体を引きずり、屋上に向かってみた。

　屋上の扉へ続く階段に、何人か座っている。
「レキ」
　そのうちの一人が俺に気付いた。烈さんの幼馴染でメンバーの恒星さんだ。金髪に大量のピアス。頻繁に彼女が変わる女たらし。この人もαだが、男には興味ないらしい。
「ほら、やっぱり来ただろ」
　烈さんが振り向いて笑った。
「だな。ここで待ってて正解」
「雨の日に屋上で飯、食うつもりか？」
「こういう時、連絡先知らないと不便だな。ライム教えてよ」
　次々に言われる。
「雨の日は音楽室に集まってんだ。あそこ、鍵壊れてんの。じゃあ、移動しよう」
　烈さんが立ち上がった。
「……待っててくれたんですか？」

「そりゃな。雨の屋上でボッチ飯とかシュールじゃん」

　烈さんは肩を揺らしている。

　屋上で毎日、昼飯を食べていたから、クラスに友達がいないと思われていたのかもしれない。当たり前のように、そこにいる事を許され、なんとも言えない気分になった。

　音楽室のドアを開けると、誰のピアノが一番上手いか、皆は競い合っていた。

「次は俺の番」

　室内に不協和音が鳴り響く。

「下手くそ。チェンジ！」

「酷っ」

　いつもと変わらない様子をぼんやりと見つめる。

「烈さん、弾けます？」

「おー。少しな」

　得意気に話す烈さん。

「俺も音階を両手で弾けるけど？」

　負けずと恒星さんがピアノの前に立った。

「何、張り合ってんだ、恒星。低レベル」

　烈さんが突っ込み、皆、ウケている。

　弁当箱を取り出しながら、漫才のようなやり取りに笑い、ハッとして、手を止める。

　雨の日に笑うのは、どの位ぶりだろう……

　外は土砂降り。なのに窓の外が気にならない。あれ以来、初めての事だった。

　気を許した、なんて言い方をしたら大袈裟かもしれないけれど、確実に俺の中で意識が変わり始めていた。

＊　　＊　　＊

　少しずつ学校にも慣れてきた頃──
　帰り道、首輪をしているΩの女の子がαに絡まれていた。
　自分の過去と重なり、冷や汗が流れ動悸が激しくなる。
　でも放って置けない……！

　助けに入ると、男は邪魔されて不快だったのか、何も言わず掴み
かかってきた。
「レキ！」
　その時、知った声が聞こえてくる。
「……烈さん」
　予想外の事に驚きが隠せない。
「うちのメンバーに何か用？」
　威嚇するような低い声。烈さんが俺と男の間に入ってきた。
「赤茶の髪、黒いリングのピアス……」
　αは烈さんを知っていたらしく、青い顔をして逃げて行った。
「すみませんでした」
「……いや。無事で良かった。敬語いらないよ。確かB組の子だ
ろ？」
　泣きながら謝る女の子に気を遣わせないよう、明るく話す。
　その子は何度もお辞儀をして帰っていった。

「……お前等、友達じゃなかったのか？」
　信じられないという顔で、烈さんに突っ込まれる。
「顔は知ってます」
「このお人好し！　あの対格差で無茶するな。そういう時は助けを

呼べ！」
　物凄い勢いで怒られた。
　普段は穏やかなのに、心配している時は怒った口調になる事が多い。なんか烈さんって、うちの父さんに似ている。
「……ふ」
「何がおかしい」
　堪えられず笑ってしまうと、納得がいかない様子で烈さんは鞄を拾った。
「……お人好しはあなたの方でしょう？　数日前、メンバーが捕まって『一人で来い』って指定されて、迷わず一人で行きましたよね。皆の心配を他所に、楽勝で壊滅させてましたけど」

　顔に冷たいものが当たり、顔を上げる。
「雨……」
　ザーという音と共に、雨が体を濡らした。
　一瞬で過去に引き戻され、息苦しくなってくる。
「おい。何、ぼんやりしてんだ。濡れるだろ」
　腕を引っ張られ、屋根のある店先に連れて行かれた。
「……お前、体調悪い？」
　そう言われ、振り向いた。
　いつも顔に出さないよう気を付けていたのに。担任もクラスメートも気付かなかったのに……
「いいえ。雨が少し苦手なだけです」
　動揺のあまり、つい口を滑らせてしまった。
「そうだ。レキもテスト勉強する？　恒星とサイゼリラで待ち合わせしてるんだ」
　メンバーの名前を聞いて、ほっとする。
　良かった。詮索されなくて……

「お邪魔してもいいんですか？」
「いいよ。後さぁ、お前の敬語、堅苦しくって疲れるんだ。普通に
話せ」
　この人は本当に変わっている……
　純粋にその誘いが嬉しかったんだと思う。誰かとファミレスに行
く。皆で一緒にテスト勉強。ずっと一人だった俺にとって、したく
てもできなかった『普通』。

　　　　　　　　＊　　　＊　　　＊

　皆と一緒にいるのは楽しくて、梅雨明けの頃にはすっかりグルー
プの一員のようになっていた。雨の日も音楽室で過ごし、気持ちが
不安定になる事も減ってきた。自分で一番驚いている変化は、雨の
日に男と寝なくなった事。
　それから二人の時は敬語をやめ、何かと気に掛けてくれる烈さん
とよく一緒にいた。

　スマホの履歴を開き、烈さんに掛けてみると、すぐに繋がった。
『レキ？』
「もしもし。烈さん？」
『おぅ。どうした。あと一、二分で授業が始まるぞ』
「今、暇？」
『暇なわけあるか。授業だって言ってんだろ。……風の音？　まさ
か屋上にいるのか？』
「そう。烈さんもどうかなと思って」
『……単位が取れなかったら、どうしてくれるんだ』
　俺はこんなやり取りでさえ、楽しくて仕方なかった。年上だけれ

ど友達がいたら、こんな感じなのかもしれない。

　なんだかんだ言って俺に甘かった烈さん。一人っ子だったから『弟ができたみたいだ』と言われた事もある。

　……嬉しかったんだ。俺も兄のように慕っていたから。

　息が詰まりそうだった毎日が、遠い昔のように思える。

　手に入れたんだ。『普通の生活』。

　夢にうなされる事も少なくなってきた。

＊　　＊　　＊

「烈さん、ジャンケンしよう」

　突然の俺の言葉に怪訝な顔をしつつ、律儀な烈さんはチョキを出した。それを見て口元が緩む。

「烈さんの負け！　ジュース奢って」

「いつから勝負になっていたんだよ。聞いてねぇ」

「俺、これがいい」

　自販機を指差す。

「クソ。騙された。仕方ねぇな……ほら」

　烈さんは文句を言いながらバナナオレを買ってくれた。

「ありがと」

「そんなもん飲んでお子様だな、レキ」

　悔し紛れで言ってくる烈さんに笑う。

「……パフェが大好きって皆にバラすよ」

　烈さんは俺に負けずの甘党。でもグループ内ではそれを隠していた。俺だけが知っている烈さんの秘密。

「やめてくれ。俺の威厳が！」

「あ、ははっ。烈さん、必死過ぎ」

家族以外の前で声を上げて笑うのも久し振り。
「口止め料に烈さんのピアスちょうだい」
　いつもしている黒のリングピアスを見て、冗談で言ってみた。
「お前、穴開けてないじゃん」
「いつか開ける予定」
「開けたらな。……黒がいいの？」
「シルバー！」
「俺、シルバーなんて持ってないけど？　新品貰う気、満々かよ」
　烈さんも楽しそうに笑っていて嬉しくなる。
　──恥ずかしくて言えなかったけれど、宝物みたいな時間だった。

＊　　　＊　　　＊

　季節が移り変わり、別れはそっと近付いた。
「レキ……」
「何？　烈さん」
「……なんでもない」
　その時は思いもしなかった。でも今、思い返すと、烈さんが俺に何か話そうとしていた事が何度かあった。

　その話を聞いたのは他の人から。
「烈さん、アメリカ行くらしい」
　──嘘だ。そんなの、聞いてない。
「親の会社を継ぐ為に留学するんだって」
　初めて聞く話に愕然とする。

「烈さん。アメリカ、行くって本当……？」
「……あぁ」

あっさりと返ってきた肯定の言葉。
　目の前が真っ暗になりそうだった。
「いつ？」
「来週末……」
　こんなギリギリまで話して貰えなかった……
　もう、それ以上は何も言えなかった。

＊　　＊　　＊

　無情な程、あっという間にその日は来た。
「わざわざ見送りなんていいのに」
　大きなスーツケースを持ち、他所行きの服装。グループの皆と一
緒に空港に来たものの、いつもと違う烈さんを見て心が冷えていく。
「連絡してこいよ」
「烈さん！　俺の事、忘れないでください。……うぅっ」
「お元気で」
「寂しくなります……」
「戻ってきたら、また皆で会おうぜ」
「勉強、頑張ってください」
　それぞれ別れを惜しみつつ、激励の言葉が送られる。

「レキ」
　呼び止められて、顔を上げた。
「……烈さん」
「前に欲しがってただろ」
　手渡されたのは、烈さんがいつも付けているピアスと色違いのも
の。俺が欲しいと言っていたシルバーのリングだった。
　それを見たら、別れが急に現実になる。

将来の為だと分かっている。それでも納得ができなくて、この日を迎えた。
『行かないで』
　何かを口にしたら本音が零れてしまいそうで、唇を噛む。
『勉強頑張ってね』
『時々、連絡していい？』
『今までありがとう』
　用意していた別れの言葉は一つも言えないまま。
「元気でな、レキ」
　烈さんは卒業を待たず、アメリカへ行ってしまった。

＊　　＊　　＊

　錆びた重いドアをそっと開ける。いつもの場所に腰を下ろして空を眺めた。
　一緒によく過ごした屋上。雲一つない青空はやけに綺麗で余計寂しくなる。
　離れてから気付く。一緒にいる時間が大事だった事、心の拠り所にしていた事。
　胸に穴が空いたようだった。
　……待っていても、もう会えない。

　落ち込んだ俺を、恒星さん達が慰めてくれたけれど、他の誰かでは埋められない。
　それ位、烈さんの存在は俺の中で大きくなっていた。
　……だから嫌なんだ。心を許したりするから辛くなる。理人の時に学んだはずだったのに。
　メンバーとも一線引いた方がいいかもしれない。下手に情が湧く

と、辛いだけだから——
　感情なんて無くしたい。
　俺は別れを上手く消化できずにいた。

　真夜中、夜の街をふらふら歩く。
　理人との関係が狂い、屈辱的な過去の引き金となったあの日と同じ雨。まとわりつく湿気と濡れたズボンの裾。傘に当たる雨音さえも鬱陶しい。

「君、可愛いね。一人？」
　ナンパしてきたβの男を見つめる。
「今夜、一緒にいてくれる？」
　長い間、誰とも寝ていなかった。
　烈さんや皆がいつも一緒にいてくれたから、したいとも思わなかったんだ。

　何も考えずに眠りたい……
　結局、簡単に逆戻り。前より酷くなり、雨の度に男遊びを繰り返した。

【2.Identity】

リベンジ

　先週、引っ掛けた詐欺αのせいで、やたら過去の事を思い出す。苛つきながら立ち止まる。少し考えてから行き先を変え、奴と初めて会った居酒屋へ向かった。

　Ωの俺に興味を持たない変わり者のα。一泡吹かせてやれたら、少しはトラウマを消せるだろうか……

　同じ金曜日、同じ奥の席まで歩く。

『αとは寝ない』

『同じ男とは一度だけ』

　復讐の為、自ら作ったルールを破る。

「一週間ぶりだな。レキ」

　テーブルの前に立つと、まるで来るのを分かっていたかのように、男は俺へ笑い掛けた。

＊　　＊　　＊

　今度は高級そうな超高層マンションだった。しかも押したボタンは最上階。

　各フロアの案内が目に入る。一階にはカフェテリア、郵便局、銀行、コンビニ、二階にスポーツジム、プール、リクライニングルーム、バーまであった。

　最上階は他の住人の玄関が見当たらない。

　男は手の平をスキャンし、機械に目を合わせている。

指紋認証と虹彩認識ってやつか……

　パスワードを入れた後、カードキーを挿し込み、別の鍵でロックを外す。更にドアがあり、驚く。

　二重ドアだ！　初めて見た……

『ロックを解除してください』

　警報音らしきものが鳴り、今度はダイヤルを回している様子。

　どんだけ厳重なんだ。銀行の金庫かよ。

　──だから本当に一体何者？

　大きな窓から広がる美しい夜景。モデルルームのような部屋にスタイリッシュな家具。

　リビングは煙草の匂いがして、少し驚く。

　こいつ、吸うのか……

「……なんでカーテンないの？　いくら最上階だからって丸見えじゃん」

　思わず突っ込んでしまった。

「特殊な加工がしてあって、外からは見えないよ。落ち着かなければ、そこのリモコンでカーテンも出せる」

　なんでもない事のように男が説明する。

　ホテルに続き、物を言わせない高級感。リビングのあまりの広さに、拭えない違和感が襲い掛かる。

「なぁ。ここ、自宅？　あんた、名前は？　いくつなの？」

　素性が怪し過ぎる男に聞いてみた。

「やっと聞いてくれる気になったんだ。自宅。零士だよ。26歳」

　男は見れば見る程、綺麗な顔をしている。

「あんたさぁ……」

「呼んで？」

「……零士？」

「くくっ。呼びつけかよ。俺の方が六も上なのに」
　でも怒っている様子ではない。肩を揺らし笑いを堪えている。
　俺は敬意を持っていない相手には『さん』付けはしないんだ。敬語も同様。
「零士はなんの仕事してんだよ。この前のホテルといい、このマンションだって……夕方早い時間から飲んだりしてるし」
「俺の事、知りたいの？」
　笑われたような気がして、カッとなる。
「べ、別に!!」
　ムカつく。興味ないけれど聞いただけだし！
「ビール飲む？」
「……いや。いい」
　今、明らかに話題を変えられた。

　二回目も悔しい事に、イかされ続けた。
「もっと頑張れよ、レキ」
「あ……あァっ」
「俺を負かしたかったんじゃないの？」
　飄々としているくせに、俺に触れる手は優しい。
「……っ」
　顔色すら崩せない。今回も負けっぱなしだなんて。
　読み間違えた。こいつの経験値はかなり高い。男の体を知り尽くし、場慣れもしている。対する俺は、興奮状態のαと童貞βとの経験のみ。数じゃ敵わない。

「今度はこっち向いて」
「お前、いい加減にしろよ。何回やれば……ア！」

挿送が段々と激しくなり、際限なく昇り詰める。
「蕩けそうな顔……」
　零士は俺をじっと見て、頬を撫でた。
「してねぇ。んんッ！」
　熱いものを抜かれ、それすら刺激になってしまい、息を整えた。
立て続け出した事で脱力感に見舞われるが──
　同じ失敗はするもんか。
「帰る」
　なんとか起き上がり、ベッドを下りた。

「そんな状態で帰るの？　泊まっていけば？」
「バイトあるから」
「朝？　何時から？」
「……12時」
「ここからどの位掛かる？」
「歩いて三十分。バスならすぐ」
「近いね……」
　手を引かれて、景色が反転する。

　気が付いたらベッドの上。零士が俺の上に乗ってきた。
「時間も平気みたいだし。帰る元気があるなら手加減する必要なか
ったな」
　爽やかな笑顔を見て、恐ろしくなる。
「は……？」
　手加減!?　あんなに好き放題やっといて!?
「もう一回付き合ってよ」
　首にキスされて、慌てて押し退ける。
「ふざけんな。無理に決まって……んぁっ！」

46

「さっきしたばかりだから、すぐに挿りそう」
　中に指を突っ込まれて、体温が下がる。
「じょ……冗談はよせ」
「冗談？　なんの為に？」
　その言葉と同時に、零士が挿ってくる。
「あ、アァっ！」
　こ、この……！　やんないって言ってんだろ!!
「ラストはもう少し奥までいってみようか？」
「やめ……ぁ……アァぁあ──!!」

　　　　　　＊　　　＊　　　＊

　ピピピ……
　聞き慣れない大音量のアラームの音で目を覚ます。
　起き上がると隣に零士はいない。
　10時半……
　やられた!!　クソー！　また落ちてしまった。
　その時、時計の横のメモに気が付く。
　──電話番号か!?
　急いで紙を確認すると、横には一万円札もある。

【仕事に行ってくる。オートロックだから、そのまま出て。無理させたからタクシー代。】
　感情のまま、それをグチャグチャに丸め、ゴミ箱に投げる。
　あいつは何様のつもりなんだ。施しなんていらねぇし。気遣う場所が違うだろ。『無理させた』だ？　金なんていらねぇから落ちるまでヤるなよ、馬鹿野郎！　しかも自宅に残してくなんて、あいつは阿呆なのか？　俺が何か盗んだら、どうするんだ。

一万円には手をつけず、そのままマンションを出た。

　腹立たしいが、あいつが上手いのはどうしようもない事実だ。しかも絶倫。でもなぁ、俺は負けたままは嫌いなんだよ。
　……良い事、思い付いた。媚薬を使おう。三回目は絶対に負けない。

媚薬

　ネットで媚薬を購入した。

　作戦はこうだ。飲み屋で零士の飲み物に媚薬を混ぜる。可愛い子ぶって、デートに誘う。ここぞとばかりにベタベタ触って、その気にさせる。外で犬みたいに発情すればいい。零士が誘ってきても絶対に言う事を聞かない。散々焦らすだけ焦らして、自宅かホテルへ。俺が欲しいって懇願されても無視。考えるだけで楽しい!!

　相手は一応α。興奮状態になったら困るから、α用の緊急時抑制剤と性欲を撃退させる飲み薬にパッチシールを準備。念の為、催涙スプレーとスタンガンも持って行こう。

＊　　　＊　　　＊

　金曜日、ウキウキしながら例の居酒屋へ向かう。いつもの奥の席、零士と目が合った。

「レキ」

　テーブルにはおしぼりのみ。メニューを開いている。

「零士は何か頼んだ？」

　向かいに座り、さりげなく聞いてみた。

「これから。明日、仕事が早いからグラスビールにしようかな」

　好都合な事に、まだ何も頼んでいないようだ。

「すみません！　グラスビールを二つ」

　通りかかった店員を捕まえ、注文する。自然に任務を遂行する為、俺も同じものを飲んでおいた。

「お待たせしました」

店員がテーブルにグラスを置き、機会を探る。
　さっきの言い方だと、もしかしたら一杯しか飲まないかも。
　慎重に……
　その時、絶妙なタイミングで零士のスマホが鳴った。
「ごめん。先に飲んでて」
　そう言い、零士は席を離れた。
　チャンス……
　周りに人がいないのを確認し、ビールに媚薬を混ぜる。
　……入れてやった！　今日という今日は容赦しねぇぞ。やっべ
ー！　超楽しくなってきた。

　少しすると、零士が戻ってきた。
「レキ、食べ物は頼んだ？」
「まだ」
　メニューを渡されたけれど、頭の中はそれどころではない。
　早く飲めよ！
　そわそわしながら待つが、敵はなかなか動かない。焦れながら仕
方なくページを開いた。
「イチゴパフェ、旨そう！」
　季節外れの苺に見惚れる。
「それは夕飯じゃないだろ。甘いの、好きなの？」
　好き過ぎてバイト先はケーキ屋。
　そんな事まで教えてやんねぇけど。
「飯も後で頼む。でも、まずはパフェ！」
　店員を呼んで注文していると、零士のビールが少し減っている。
　やった!!　飲んだ……!!
　ニヤけそうになる口元を隠し、俺もビールを口にした。

　　　　　　　＊　　　＊　　　＊

　あれから三十分位経った。しかし何も変化がない。
　効きが弱かったのだろうか。ネットで調べたレビューを見て選ん
だのに。それより火照るな。この店、暑過ぎ……
「レキ、顔赤いよ。酔った？」
　零士が聞いてきた。
　たかが一杯位で酔うはずない。空きっ腹で飲んだわけでもないし
……

　しばらくすると違和感を無視できなくなってきた。
　──体が燃えるように熱い。それにやけに妙な気分になる。
　媚薬は確かに左へ入れた。ちゃんと零士に渡したのに……
「……大丈夫？」
　零士が心配して俺の隣に座ってきた。
　平気だと言いたいところだが目眩が酷い。頭がクラクラし、酩酊
状態になってきた。
　時間が経てば経つ程、内側に熱が籠り、判断が鈍る。
　よく分からないけれど分が悪い。
　今日は撤収した方が良いかもしれない。
「帰る」
「俺ん家においでよ……」
　零士の指が唇に触れ、体が震えた。自分が分からなくなるような
快感を思い出して、体が余計に熱くなる。
「やめとく」
　テーブルに自分が食べた分の金を置いた。
「いらないよ」
　出した金を返される。

言い返す気力もなく、なんとかカバンを背負い席を立った。

　視線を感じ振り向くと、明らかにαの三人組が俺を舐めるように
見ていた。値踏みをされているような嫌な目線。ひそひそと話し、
ニヤついている。
　どこかに連れ込まれたりしたら——この体調だと自信がない。
「送ってあげるよ。この辺は夜、危ないしね」
　零士にそう言われ溜息をつく。
　まだ、こいつの方がマシか……

　　　　　　　　＊　　　＊　　　＊

　歩くだけで立ち眩みがする。
　送ると言っていたのに、着いたのは零士のマンション。部屋に入
る頃には、すっかり俺の頭は馬鹿になっていた。
　ヤリたい。もうこの際、零士でいい。誰でもいいから、この熱を
なんとかしてくれ。
　そっと手に触れると、やんわりと離された。
「媚薬盛ろうなんて、やってくれたな」
　零士の台詞に言葉を失う。
「挙動不審だから、すぐに気付いた。計画は失敗。全部飲んだのは
俺じゃなくて、お前。随分、効き目の強いやつを飲ませようとした
んだね、レキ」
　零士の言葉に頭が真っ白になる。
　信じらんねぇ。いつの間に——
「媚薬飲ませて主導権握りたかった？」
　クソ。読まれている……！
「そ……そんなの知らない」

「悪い子にはお仕置きだな」

　腰を引き寄せられ、シャツの中に手が入ってくる。感じたのは、甘ったるい香水と煙草の匂い。

　恐ろしく楽しそうに笑う零士に引きつつ、必死に言い訳を考えた。

「触れよ！」

「そんな可愛くないお強請(ねだ)りには応じない」

　そう言って零士は雑誌を開いた。

　弄(もてあそ)ぶように、やらしく体を撫でるだけ撫でて放置。予想外の行動に呆然とする。

　ヤんないつもりか!?　普通、Ωが発情状態になったら据え膳喰うのがαだろ。放置プレイとかいらねぇし。

　俺はなぁ、Mじゃねぇんだよ！

「な、なぁ……」

　零士は雑誌に夢中で、俺に見向きもしない。

　媚薬盛ろうとして怒ってんのか。

　苦しい……

　体に熱が溜まり、燃えるように熱い。

　ふらつきながら立ち上がる。

「トイレで抜いてくるのか？」

　零士はくすくすと笑っている。

　何、笑ってんだよ。ムカつく！

　答えず上着を羽織った。

　──もう誰でもいい。触れて欲しくて、おかしくなる。

「……外に出るつもりか？」

　零士に腕を掴まれて振り払う。

「別にお前じゃなくてもいいし」
　やっぱりαなんて大嫌いだ。
「そんな状態で外に出たら、変な奴に良い様にされるだけだぞ」
「うるせぇ！」
「……強請れよ、レキ」
　耳元で甘く囁かれて、体の力が抜ける。
「言え」
　射抜くように見つめられて、心臓が騒がしくなる。
　このS野郎。俺はお前に屈しない！
　零士のズボンのベルトに手を掛ける。零士は少し驚いていたが、特に抵抗はしなかった。
　……その気にさせてやる。

　寝た男は星の数。イラマは無理矢理やらされた事があるけれど。柄にもなく緊張して手が震えた。
　これ、絶対やられるよりやる方が恥ずかしい。
　それでも目の前のものが欲しくて、口を寄せる。
「ふ……くすぐったい」
　仕方ねぇだろ。するのは初めてなんだ。

　触れよ、零士。俺の事も触って……
　体が熱い！　もどかしくて変になる！
「ん……は、はぁ……」
　堪らなくて、必死に零士のを口にする。体が切なくて泣いているみたいだ。
「そんなに俺が欲しいの？　一生懸命しちゃって」
　零士が髪を撫でてきて、体がゾワッと震えた。
　触れただけで、こんなに……！

「優しいとか、いらねぇオプションなんだよ！　ゴチャゴチャ言ってないで、さっさと挿れろ!!」
「……もう少し可愛く言えたらね」
　突き放すように言われた言葉に、唇を噛む。
　俺に何を求めているんだ。遠回しに可愛くないって言ってんのか？　別に痛くも痒くもない。
「やめた」
　けれど、なぜか傷ついている自分がいた。
　こんな意地の悪くて面倒くさい奴に拘る必要はない。ヤるなら誰だって同じ。何をムキになってんだ。俺らしくない。ナンパしてβを引っ掛ければいい。いつも、そうしてきたように。
　立ち上がり自分の鞄を掴む。

　無言で腕を掴まれて、ズボンと下着を一気に下ろされた。
「……お前なぁ」
「帰るなよ」
　文句を言おうとしたら、後ろに熱いのが触れる。
「お、おい」
　まさか立ったまま、ヤる気か!?
　流石に立ちバックなんて、やった事……
「ア、あぁ！」
　両腕を掴まれ一気に奥まで貫かれた。
　息もつけないような性急な行為。立ったまま後ろからハメられて、足がガクガクと震える。
「っ……あ……」
　あまりの激しさについていけず、白濁で床を汚し、ふらふらと膝を突く。力が抜けてしゃがみ込んだ俺の腰を、零士は無理矢理上げた。

……ふ……ふざけんな！　なんだ、この恥ずかしい格好は！
　文句を言ってやりたいのに……
　体をなぞるやらしい手に体が痺れている。
「クソ。離せっ！」
「媚薬の事、ちゃんと謝ったら、ベッドで抱いてあげる」
　後ろから聞こえる零士の声は腹が立つ程、楽しそう。
「媚薬なんて知らねぇ」
「ふーん。その強気、どこまで保つかな」
　その言葉と同時に零士が挿ってくる。
「んっ……！」
　ガンガン腰を振られて目眩がする。
　またイク……！
「──ッ」
　耐えきれず欲を吐き出すと、更に奥を突かれた。
「床を汚して、悪い子だな。レキ」
「やめ……ぅ、アっ!!」
　零士は、イッた俺に容赦ない。
　体は快感を拾い勝手に上り詰め、快楽の渦へ落とされる。

「い、やっ。嫌だぁっ……！」
「気持ち良過ぎて？」
「違っ……」
「今日はドライで落ちるまでやめない」
「ドライなんて……!!　ア……ッ」
「病みつきになるらしいよ」
　零士は俺をひっくり返し、足をガバッと開いた。
「や、やめろッ！」
「次は前から」

恥ずかし過ぎる格好なのに、力が抜けて全然抵抗できない。
汗一つかいてない涼しげな顔で零士が笑った。

　その晩、リビングで立て続けに犯された。
「涙目、可愛いね」
　時々、甘く囁きながら、本当に落ちるまで。
　上も下も分からない感覚。普通の射精と違い、長過ぎる絶頂……
　力が……入らない……
　抑えられない声と昂ぶる体。ただ強烈な快感に翻弄される。
「……俺、ずっと探してたんだ」
　零士の声が遠のく……
　そこで記憶がブツッと途切れた。

＊　　　＊　　　＊

　なんて様だ！　また良い様にされてしまった。
　一体、いつバレたんだ。
　落ちる前『探してた』って言っていた気がする。オモチャを？
ペットを？　──悔しい‼　あの野郎！
　しかも今日も仕事なのか、相変わらず起きたらいないし、連絡先
の電話番号もライムのIDも無し。タク代のつもりなのか、ヘッド
ボードにはまた金が置いてあった。
　そんな施しより回数減らせっつーの！
　ムシャクシャしながら、バイト先に向かった。

ポスター

「あー！　零士様の新しいポスター!!」

「ヤバい。フェロモン、ダダ漏れ」

「格好良いーー！　抱いてぇ」

　女子高生達がキャーキャー騒いでいる。

　……レイジ様？

　駅前のドデカい看板のポスター。何気なく上を見上げた。

　目を奪われるようなシルバーアッシュの髪。輝く笑顔。吸い込まれそうな瞳。色気のある表情。神々しい程の芸能人オーラ。

　ポスターには零士のそっくりさんが写っている。

　いや……いやいやいや？　どう見ても零士だよな。何これ、あいつ、芸能人だったの？

　——そんな訳あるか！　この人の方が爽やかで優しそうだし。何より、こんな笑顔、見た事ない。それに、このポスターから溢れるキラキラオーラも奴には無かった。

「零士様のチョコのCM格好良過ぎ」

「CM一本で億稼ぐって本当かな？」

「きゃー！　お嫁さんにして！」

　大騒ぎする女子高生達の言葉を聞いて、益々混乱してしまう。

　……そんな男が、普通の居酒屋にいるはずない。

　ポスターをじっくり見ていると、驚くような偶然に気が付いた。鎖骨に黒子があり、凝視する。

　零士にもあったような気が——

　待て。勘違いだ。黒子なんて無かった。

　……でも外では不自然な位、絶対にキャップを取らない。いつも

は伊達眼鏡で目を隠している……？

　前に仕事を聞いたら、はぐらかされた。俺はあいつの名前と歳と、住んでいるマンションしか知らない。

　ほら、言うじゃん。他人の空似ってやつだよ。大体、この人はピアスを開けていないし。零士は右に一つ、左に二つ。普段着はダサいくせに、派手なのを付けていたから覚えている。でもピアスホール位、画像修正できるのか？

　……口元が似ている。笑った時に覗く八重歯が同じ……全体の雰囲気は全然違う。でも、この印象的な目は。

　ポスターの字を目で追ってみる。

【『運命の番（つがい）』主演——零士、凛（りん）

　αとΩ。運命に翻弄される二人。

　ドラマ三期連続一位。

　平均視聴率46.8%。瞬間最大視聴率61.4%。

　空前の大ヒット。待望の映画化。】

　何やら色々書いてある。

『運命の番』はなんとなく覚えがあるぞ……？

　母さんとソナ兄が『零士様がクールで格好良い』ってキャッキャッ言っていた気がする。

　そう言えば最近、教習所の映画がどうのこうのって。あの時の黒髪の男……？

　嫌いなαだから全然興味なかったし、ちゃんと顔も見ていなかったけれど。

　初めて会った時、見た事がある顔だと、確かに思ったんだ。

　視聴率って確か20%超えると高視聴率だよな。日本人の半分近く見ているって事？　数字、間違えてんじゃないの？

　今度はスマホを開き、ネットで調べてみる。

60

【――零士（26歳）――
　どんな役でもこなす天才演技派俳優。
　クールでセクシー、史上最高のα。
　６年連続抱かれたい男一位。
　私生活は謎。プロフィールは年齢以外、ほとんど不明。
　愛車はフェラール。
　デビューは生後五か月。
　赤ちゃんモデルとして０歳児からＣＭに出演。
　わずか５歳にして助演男優賞受賞、次々に賞を獲り頭角を見せた。
　ファンクラブ会員数、芸能界ＮＯ．１。年齢層も幅あり。
　老若男女、色々な世代を魅了する魔性の男】
　大量に書いてある出演したらしいテレビドラマと映画、舞台のタイトルを見つめた。
　役で着た衣装や小物はすぐに問い合わせが殺到し、事務所の電話は何度もパンク。ＣＭに出るとその商品が飛ぶように売れ、その日のうちに無くなり、必ずロングセラー商品になる。
　見つめられたら誰でも落ちるとか、ファンが崇拝してやまないとか、俳優のレベルを超えているとか、大御所の芸能人達も気を遣うとか、目が合うだけで嬉しさのあまり失神者続出とか、にわかに信じ難い事が山程書かれている。
　あの零士が同一人物……？
　年齢は26歳って言っていた。名前も同じ。
　真似して名乗った？　少し似ているからって芸能人気取り？
　もう一度、看板を見上げる。

　バイト先で朝飯を食べようと思っていたが、予定を変更してソナ

兄のマンションに向かった。

　ライムを送ったが既読がつかない。

　迷いつつインターホンを鳴らした。

「レキ？　どうした？」

　出迎えてくれたのは、ソナ兄の彼氏の爽さん。まだパジャマだ。

「朝早くにごめん。ライムしたんだけど……ソナ兄は？」

「まだ寝ているよ。今の時期は眠くなるんだって。多分、そろそろ起きると思う。今、カフェインレスのコーヒー淹れてたところ。まぁ、入れよ。今日は──」

「爽さん、『零士』って知っている？」

　嬉しそうに話す爽さんを遮る。

「『運命の番』の？」

「知ってるんだ」

「あれだけ番宣したり特集組まれてりゃ、見なくても誰でも知ってんだろ」

　爽さんは食器棚からカップを取り出し、カウンターに乗せた。

「俺は知らなかった」

「ソナタさぁ、零士のファンだろ？　『格好良い』って目をしてたから、お仕置きしてやった」

「どんな奴なの？」

「……ツッコミ無し？　意外。お前、芸能人に興味あったんだ。俺もそんなに知らないけど。砂糖は？」

　スティックシュガーが入っている瓶を指差される。

「二本。早く教えて」

「バラエティとかには全然、出ないらしい。ミステリアスな感じ？ドラマの撮影とか……一般の店や外でのロケ中、ファン一人も喋んないんだって。零士様の吐息すら聞き漏らさない為って聞いたぞ。

物凄い数の信者がいるけど、やたら統率されてるって噂」
　なんか凄いな。やっぱり違う人なんじゃ——
　聞けば聞く程、あいつと違う。

「あれー？　レキ？　どうしたの？」
　話し声で起こしてしまったようで、ソナ兄がリビングに来た。
　爽さんとお揃いのパジャマを着ている。
「……お揃いかよ」
　突っ込まずにはいられなかった。
　バカップルめ。
「ぼんやりしてて……着替えてくるね」
　ソナ兄は赤くなりながら慌てている。
「いいよ。時間ないし、そのままで」
　今日は大事な目的があって、ここに来た。
「お似合い？」
　爽さんは、ソナ兄の肩を抱いてご機嫌。
　からかってやりたいけれど、そろそろ本題に入りたい。
「仲良しで良かったね……ソナ兄、『運命の番』の録画ある？」
「……あるけど」
「見せて」
　ファンだというソナ兄は何かしら映像を持っているはず。自分の
目で確かめてやるんだ。

　オープニングに流れる映像は寂しげで綺麗なものだった。
　切ない顔。悲しそうな表情。
　……やっぱり目が同じ。
「急にどうしたの？　レキはドラマとか、全然、興味ないでしょ。
しかも主演がαとΩだし。そうだ。朝ご飯は？　レキも食べてく？

すぐに作るよ」
　ソナ兄が少し不思議そうに聞いてくる。
「俺が作るからソナタは座ってて。レキ、聞いて。ソナタが彼氏に
料理作ったの、俺が初めてなんだって」
　二人は相変わらず仲が良い。
　でも俺はテレビを確認するのに必死だった。
「……良かったね。爽さん」
「えー。それだけ？　今日は珍しくキレが悪いな」
　爽さんがくすくす笑う。
「俺、それどころじゃないの。ソナ兄。ありがとう。俺、あと十分
位で出るから飯は大丈夫」

『俺は運命なんて信じない。お前が好きなだけ』
　意志の強いクリアな声。
『一緒にいよう……』
　深みのある声。
　──100％零士の声じゃん。
　いや、兄弟……？　双子とか従兄弟とか……
「何、赤くなってんだ。ソナタ」
「なってない！」
「他の男なんて見るなよ」
「ちょ……爽ちゃん、レキがいるから！」
　手を握りイチャイチャし始める二人には一切突っ込まなかった。
　ダサい振りをして素顔を隠していた──？
　信じられない。けれど本人だとしたら、最初のホテルもあのマン
ションも納得がいく。
　テレビの中の『零士』は穏やかな表情を見せ、やわらかい眼差し
を向けた。

――こんな表情は知らない。でも多分。

*　　　*　　　*

　もやもやと過ごした一週間。金曜日、大学の講義を済ませたら、ダッシュでいつもの居酒屋へ向かう。
　今日もいる……！
　またキャップに眼鏡。つかつかと寄り、零士のシャツを掴み、ボタンを外す。
「おいおい。何してんの。外でヤるつもり？」
　零士の言葉を無視して、胸元を開いた。
　鎖骨の同じ位置に黒子を見つけ、認めるしかなかった。印象的な目も昨日のテレビで見たものと同じ。
　そっくりでも偽物でもない。紛れもない本人だ……!!
「お前ん家に行こう」
　そう切り出すと――
「……いいよ」
　開いたままのボタンを止めてから、零士は伝票を手にした。

*　　　*　　　*

　零士のマンションに着いてから、鞄を下ろす。
「……お前の職業は俳優か？」
　意を決して聞いてみたのに――
「そうだよ」
　零士はあっさり認めやがった。
「なんで言わなかったんだ」
「聞かれなかったから」

淡々とした答えが返ってくる。

「……やっぱり嘘だ」

「嘘？」

「一緒に歩いていても誰も気付かない」

「プロだからオーラ位消せる」

　しれっと言われ、溜息をつく。

　こいつ、俺にバレても焦りもしない。

「芸能人の『零士』は爽やかでよく笑っている。『運命の番』見た……」

「見てくれたんだ。あれは役だよ。好青年の役。もう調べたんだろ？　生まれてすぐ芸能界に入って、ずっと演技の世界にいた。仕事の時は別人格になるんだ。よく取り憑かれているようだと言われる」

　別の人格……

「金曜の夜、いつもの店にいたり、必ず家にいるのは……？　業界の人って打ち上げとか飲み会とか……」

　まだ信じられず、思い付くまま聞いてみる。

　あんな普通に出歩いたりして、おかしいだろ。

「マネージャーの方針。20歳になってすぐ、あまりの過密スケジュールに倒れた事があったんだ。その時の映画が失恋して病む役で、つい役にのめり込み過ぎて……それから睡眠時間と休息は管理されてる。夜遅い仕事とか飲み会は余程の時を除いて、マネージャーが断る」

　エキストラやただの芸能人じゃない。世間を騒がし、芸能界に君臨する王者。

「……マジで本物？」

　俺の言葉に笑ってから、零士はテレビを点けた。

　流れている映像は『運命の番』。テレビに背を向け、零士は深呼

吸をした。
「信じてくれ」
　じっと見つめられ、ドキッとしてしまう。
「お前が欲しいんだ。寝ても覚めてもお前の事ばかり考えてる
……」
　その言葉に思わず緊張が走る。
　急に何を——
『信じてくれ。お前が欲しいんだ。寝ても覚めてもお前の事ばかり
考えてる……』
　テレビから聞こえるのは、同じ台詞。
　目線の先。言葉の溜め。指先の動き。全く同じもの……
「俺のものになれよ」
『俺のものになれよ』
　今度は同時に……!!　演るとしても他にもあっただろ。
　居酒屋のダサい男の正体は芸能人の『零士』だった。

「子どもの時から、ずっと人目に晒されてきた。日常なんてあるは
ずもなく、皆、『芸能人の俺』を期待してる。そのうち面倒くさく
なって、外でも演技をするようになったんだよ」
　少し寂しそうに零士は呟いた。
「『どこにでもいそうな学生』『近寄りがたいオタク』『しがないサ
ラリーマン』『危ない感じのヤクザ』『ダサめのフリーター』色々や
った。芸能人の自分以外の人物になる。日常に紛れるのは、そんな
に難しい事じゃなかった。演じるようになって、ようやく俺は自由
を手に入れたんだ。変装すれば、ファンだと言ってくれる人も仕事
相手も、誰も俺に気が付かない」
　……自由？　なんか、それって。
　突然の言葉に絶句する。

「誰も……？」

　その話を聞いて、俺は少しだけ自分と似ているのかもしれないと思った。境遇は全然違うが、演じるしかなかった人生。ずっと本音を誰にも言えない生活……

　俺の過去は最低だけれど、烈さんや皆に出会えた。悩みを言う事はできなかったが、優しい家族もいる。それは俺にとって、救いであり支えだった。

　……零士にも一人位はいたんだろうか。

　自分が自分でいられる相手は。

「あと俺、フェロモンがおかしいらしい。変装してる時でも、目が合うだけで倒れる人もいる」

　なんだよ、それ。ギャグかと思っていた。

「でっち上げじゃなかったのか。だから眼鏡を？」

「そう。直接よりはマシだから。触れると、ほとんどの人の自我が消え、『俺が人生の全て』のような錯覚に囚われる」

「自意識過剰……」

　そう言いながら零士の表情を見て、押し黙る。

　──でも、もし、それが本当なら。

「だったら良かったんだけどね。中にはフェロモンに強い人もいる。でも一晩一緒に過ごすと、例外なく変わってしまった。俺を崇拝し依存が強くなり、人格が変化。今まで三回以上関係を持って正気を保っていた人はいない。寝る度に依存は酷くなる。そのうち怖くなって、親しい人に踏み込めなくなった」

　零士の話を黙ったまま聞く。

　それは悲しいカミングアウトに聞こえた。

「別れ話をすると『あなたが決めた事なら』皆、簡単に納得して引いていく。俺の決めた事が恐ろしい程、絶対になる。まるで自分の

意志が最初から全くなかったかのように」
　あんなに人気があるのに、恋人を作ったりできないって事……？
「じゃあ、『ずっと探してた』って言ってたのは……」
「……うん。どうやらレキには俺のフェロモンが効かないらしい。
お前は俺の事、全然知らないし、興味がなさそうなのも新鮮だった。
目を見ても触っても全く変化がなくて、三回超えても普通だしね」
　そこまで聞いて、俺は妙な親近感を感じていた。あんなに腹立た
しかった相手に対して。

　孤独だった過去と重なる。
　ずっと一人だった……
　長い年月、偽り続けて。

　——自分と同じ。

生い立ち…side零士

いつの間にか大きくなり過ぎた自分の名前。

意外かもしれないが、街中のポスターや雑誌の写真は自分とそっくりの他人のように見える。

芸能界に入ったのは生後五か月。

覚えていないけれど、撮影中、俺は全く泣かずカメラを向けられると、とびきりの笑顔になったらしい。

物心つく前から、プロがたくさん排出された有名な演劇スクールに通い、空いている時間はどんな役にでも対応できるように習い事漬けだった。ピアノ、絵画、茶道、体操、空手、サッカー、テニスにバスケ。当時、マルチに何でもできる子役は少なく、自然と契約が増えてきた。

* * *

『泣く、怒る、意識してやるんじゃないんだ。その人格になりきってみろ』

幼稚園年少、ドラマの監督に言われた言葉は今でも覚えている。

再婚する親に怒って家出をする役。今思えば、三歳児にそんな難しい事を言っても……でも、あれが演技にのめり込む最初のきっかけだった。

その時に演じたのはほんの僅かなシーン。出演時間はトータルでも五分以下。

『上手だね』

『きっと大物になるよ』

周りの大人に褒められたのが嬉しくて、稽古に励んだ。

演技の芽が出たのは年長クラス。親が病気で健気に支える子役で、初めての助演男優賞を貰った。演じる事は面白い、そう感じるようになったのも、この頃だった。

　役に入る前に、徹底的に分析する。誰に教わったわけでもなく実践していた。

　生まれ、育ち、友人関係、家族、仕事、言葉遣い、過去。所謂テレビでは見せない裏設定。台本だけではなく、映画化、ドラマ化したものは原作、関連作、スピンオフ、とことん読む。情報を元に一人の人物像を作り上げる。

『天才』だとよく言われた。

　別に大した事じゃない。同じ手順を踏めば、誰でも別人になれる。『何が好き』で『どんな家庭環境で育ったのか』『友人のタイプ』『趣味や特技』などの情報を元に『性格や思考回路』を想像する。

　台本の文字だけではなく、常にその人の人物像を背景に演じる事を心がけた。

　違う者になりきる快感。それはどんな習い事より魅力的だった。

　　　　　　　*　　　*　　　*

　俺にとって『表情は魅せるもの』。

　子役として経験を積み、中等部に進学する頃には、すっかり演技の世界に取り憑かれていた。

　——異変に気が付いたのは、当時の恋人の変化。芯のあった彼女は俺と付き合ってから、段々と変わってしまった。

　恍惚と俺を見る瞳。何をするのも俺優先。意思は全く無くなり、俺が全てだと言い切り、不安になる。

依存。その言葉が近い。その子はβ。Ωではない。
　依存するはずないのに……
　何気ない一言で、考えだけではなく根本的な自我が変わる。徐々
に彼女らしさは消えていった。

　決定的だったのは、突然の進路変更。
『あなたと同じ高校に行けないから、受験をやめて、将来の夢は考
え直す』
　その言葉に愕然とする。
　看護師になりたくて、ずっと頑張っていたのに……
　俺を崇拝しているような彼女の態度に恐怖を感じ、耐えられず別
れを切り出し、進路を考え直すよう話した。
『零士くんが決めた事なら』
　彼女はあっさりと別れを受け入れ、看護師になるべく受験を思い
直した。
　個性が無くなる。それはまだ中学生だった自分には到底、理解が
できなかった。

　高校のクラスメート。次に付き合った子。仕事相手。皆、少しず
つ変わっていく。俺を見る目がおかしい。あの時の彼女と同じ。
　彼女が……ではなく、俺が変なのか……？
　まるで神様でも崇めるかのように俺に接してくる。関わった人は
片端から変わっていってしまった。
　目が合うと倒れたり、一瞬で人格が変わる人もいる。それは年齢
を重ねる度、酷くなっていった。

　病院で調べてもらおうとしたら、医師も看護婦も皆、おかしくな
った。とりあえず分かったのは自分のフェロモン量が尋常ではない

という事。αにも影響があると判明した。

　中には稀にいる。目を見ても多少触れても変わらない人。家族や
マネージャーがそうだ。
　仕事は監督を始め、出演者も相手を選ばなければいけない。芸能
界ではカリスマが多く、フェロモンに強い人もたくさんいるけれど、
例外はなかった。
　長時間触れると変化する。
　このままだと、誰かの人生を変えてしまうかもしれない……

　それから普段は眼鏡やコンタクトをして直接、目を見るのをやめ
た。不必要な接触も避ける。
　気軽に友人とも話せない。恋人なんて以ての外。
　……俺は一生、誰とも親密になれないんだ。

　理由はよく分からない。
　──当時、感じていたのは言葉にできない寂しさ。

誘うΩ

　大人になっても問題は解決しなかった。

　α用の抑制剤を通常の二倍使用。三倍だと体調に悪影響があるから断念。後はなるべく親密にならないよう、せめて気を付けるだけ。

　　　　　＊　　　＊　　　＊

　ある晩、事務所の近くのバーでその子を見つけた。

「なぁ……カウンターのあの子、Ωかな」

「βじゃないの？」

　後ろの客の男達がひそひそ話している。

　カウンターを見ると華奢な子が座っていた。

　……男子高校生？　この店、年齢制限厳しいし、まさか違うよな。

　やわらかい茶色の髪、長いまつ毛、大きな瞳、どこか幼い表情。開いた胸元と首輪。

　パッと見た感じはβっぽい。

　首輪をしているからΩなのか？

　彼はボタンを開け見せつけるように座っていて、店内で一際、目立っていた。

　Ωの子は控えめで大人しい子がほとんど。それなのに、あんな誘う仕草……

「ねぇ。君、一人？」

「……はい」

　首輪に釣られたのか、一人のαの男がその子に近付く。

「一緒に飲まない？」

αがその子をじっと見つめる。

あの子がΩなら、勝負は決まっただろう。αに見つめられて落ちないΩはいないから——

「ごめんなさい」

驚いて振り向いてしまった。

……断るなんて。初めて見たぞ。目を見つめられたのに、αに誘われて付いて行かないΩもいるのか。

また一人、今度は二人……

首輪を付けた彼にαが近寄る。

理想が高いのか、彼は誰にもなびかない。

今度は酔ったαにしつこく言い寄られている。

「俺、ずっと好きな人がいるんです。首輪で噛み痕を隠してますが、番がいます。だから、あなたとは二人きりにはなれないんです」

好きな人？　番？　なら、なんで……

誰が声を掛けても結果は同じ。きっぱりと断っている。

その様子をしばらく傍観していた。

少しすると、俺の隣にβらしき客が来た。

ボサボサの頭に縒れたシャツ。バーに来た経験があまりないのか、落ち着かない様子のサラリーマン。

気が付くと、首輪をしたその子が隣の彼の前に立った。

「あの、一緒に飲んでもいいですか？」

少し恥ずかしそうにその子が言う。

「い、いいよ……」

何がなんだか分からない様子のサラリーマンは赤くなりながら嬉しそうに答えた。

「どんなお仕事してるんですか？」

「普通の会社員だよ」

「この店にはよく来る？」
「いや。初めて……」
「……趣味を教えて」
　甘えるように話すその子に、彼も戸惑いつつ嬉しそう。

　会話を聞いて思う。二人は初対面っぽい……
　さっきα達に好きな人がいる、番がいると断っていたよな。このサラリーマンがずっと好きだった……？　どう見てもβ。それに番がいる状態では他の者と関係は持てないはず。どっちにしても変だ。違和感しか感じない。
　……あんなに真面目な顔をして。申し訳なさそうな顔をして、平気な顔をして嘘をついた……？
「ねぇ。二人きりになりたい……」
　その子がサラリーマンの手を握り、目を見つめている。色気が溢れる表情に、一瞬で目を奪われた。
「チェック……してくる……」
　彼は赤い顔で会計を済ませていた。

「タクシーも呼んだよ。ホテルでいい？」
「あなたの家がいいな……」
　甘えるような声で、その子は耳打ちしている。
「……分かった」
　二人は立ち上がり、仲良さげに腕を組んでいた。
　横を通り過ぎた時、甘い香りがする。
　……本当にΩだ。
　去って行く二人に羨望の眼差しが集まった。

＊　　＊　　＊

再会は偶然。バーで見掛けてから、ちょうど一週間。それは突然にやってきた。
　雨の中、甘い匂いにふと顔を上げる。首輪を付けた子が、俺の目の前を横切った。
　また胸元を開けて、αやβの目線を独り占め。不敵に見せつける。そのまま、すぐ側の居酒屋へ入っていった。
　……あの時の子だ。

　店内に入り、トイレに向かう。
　あの日、彼が選んだのは少しダサめな残念系のタイプ。
　今日は黒髪のウィッグで、私服でも一番上のボタンまで止めちゃうような真面目なガリ勉風。多分αっぽいのじゃ駄目だ。ウィッグを外し、鞄の中からキャップと変な柄のTシャツを取り出す。おまけにダサい眼鏡に変えてみた。
　……掛かるかな。
　罠を仕掛け、獲物が飛び込んでくるのを静かに待つ。

　しばらく一人で飲んでいたら、目の前に誰かが立った。
「お兄さん、一人？　一緒に飲まない？」
「……いいけど」
　例のΩの子だった。
　俺自身、興味があったのだと思う。αの目を見ても、きっぱり断る変わった存在に。
　少し一緒に飲んで、目を見てみた。
「何？　唐揚げ、冷めるよ」
　全く変化がない。二度目も三度目も同じ。
　こんな事があるなんて……

魔性のαとナマイキΩ -Be mine！ sideR-［上］　**77**

「……場所、変えない？」
　そう言って、その子はズボンの際どいラインに触れてきた。
　──驚いた。触っても平気なのか。ズボン越しだけれど。

　少し考えてから、ホテルに連れていった。
　レキと名乗ったその子は俺を知らないようだった。眼鏡を外して
も帽子を取っても、気付く様子はない。しかも、これだけ長時間目
を見ているのに、なんの変化もない。

　この子なら……
　それは期待のような希望の気持ちだったのかもしれない。

関係

逸らされた目。遮られた腕。キスを迫ったら拒否された。
絶対にしたくない。全身から伝わってくる。
誤魔化すように足をなぞり、悩ましげに見つめられた。

そんなにキスしたくないのか……
肩を抱いたら、甘い香りが広がる。衝動を抑えベッドへ誘った。

脱がされ、着ていた物が床に落ちる。
積極的なタイプとはした事がないし、乗られるのも初めて。しかもフェロモンに相当な影響を受けるΩとはずっとしていない。
躊躇いがちに触れる指先。上下に擦られ、欲望は形を変える。でも誘ってきた割にはどこか、ぎこちない触り方だった。
百戦錬磨かと思ったら普通。直に触ってもフェロモンに当てられないだけ普通じゃないか。
「……ごめんね。良くない？」
困っている顔は演技には見えない。
「いや」
少し不安そうなレキに答える。
これはもしかして……？
後ろに手を伸ばすと、レキはギョッとしている。
「ど、どこ触ってんだよ！」
焦って語尾の強くなるレキ。
——当たりか。触られ慣れていない。
それが地か……
思わず笑いそうになるのを堪えた。

「いらねぇって言ってんだろ！　触るなっ!!」
　どうやら取り繕うのはやめたらしい。
　無視して続けても、中はキツいまま。
「触らなきゃ、できないだろ」
　殴ろうとしてきたから、腕を押さえる。
　おまけに手も早い。
「指抜け！　ん、んっ！　か、かき……回すなぁ！」
　中を擦ると濡れてくる。
　レキの頬が赤く染まり、涙目になった。
　控えめな声と初な反応に劣情を煽られる。
　もっとドロドロになるまで感じさせたい。自分がαだって事、久
し振りに思い出した。

「も、挿れろ、よ！　はぁ……いつまで……んっ。やってんだ！」
　乱れる吐息。威勢がいいのは口だけ。体にはもう力が入っていな
い。
　虐めれば虐める程、可愛い顔になる。
「っ、アッ……ゥ」
　──なんて声を出しているんだ。
　切ない声に体が熱くなる。
　耐え切れず欲を零したレキは色気を纏っていた。
　堪らずゴムを付け押し付ける。
　十分に慣らしたはずが中は狭く、挿れた途端、甘いフェロモンが
広がった。
　α用の抑制剤飲んでいるのに──
　短く息を吐いた。
「どうした……？　こんな場所、気持ち良くないんだろ？」
　余裕な振りをしたけれど、気を抜くと負けそうだ。

足を開き、浅く深く探る。
　──噛みたい。
　必死に耐える姿は健気で、湧き上がる衝動を抑える。
『自分のものにしたい』
　それは支配にも似た気持ちだった。

　どこかで諦めていたんだ。この孤独を理解し、癒してくれる存在
はどこにもいないと。
　──この子の前なら、俺は俺でいられる。

「……ッ！　は、はぁはぁ」
　達した顔を見て、キュンとしてしまう。
「慣れてなくて可愛いね」
　つい口に出すと、ギロリと睨まれた。
「俺の事、気持ち良くしてくれるんじゃないの？」
　嫌がるレキを押さえつけて繰り返す。回数が分からなくなった頃、
限界だったのか落ちてしまった。
　可愛かったな……
　レキの体を拭いて隣で横になる。引き寄せて、そっと抱きしめた。
　いつもは相手がおかしくなるから、一回のみ。自制は利く方だと
思っていたのに、セーブできなかった。

　　　　　　　　＊　　　＊　　　＊

　アラームで目を覚ますと、腕の中にレキがいた。
　あのまま寝ちゃったのか……
　ぐっすりと眠るレキを見て、自然と笑みが零れる。
　名残り惜しいけれど、仕事の時間だ。

簡単にシャワーを済ませ、ワイシャツを羽織る。

これきりにしたくない。電話番号を残そうとして少し考えた。
あの様子じゃ自分から電話しなそうだな。
その時、レキの鞄のポケットにある学生証に気が付いた。
持ち歩いているなんて意外と真面目。
居酒屋の年齢確認の為だろうか。
見える場所に入れるなんて……
国立大学と書いてある。
本当に20歳。名前も本物。
ただ楽しくて仕方なかった。俺の人生を変えるかもしれないレキ
とのファーストコンタクト。

寝室に戻ると、レキは起きていた。
「足りなかった？」
ふざけて言ってみる。
「はぁ!? んな訳あるか。この変態！」
青い顔をして威嚇してくる。
朝４時からテンション高……本当に面白い奴。
「ホテル代、手持ちがあまり無くて」
財布に入っていたお札を全部渡された。
俺に腹を立てていたくせに、ちゃんと金は払うのか。喧嘩っ早い
けれど律儀な性格らしい。
職業柄、人間観察はお手の物。どういうタイプか、すぐに分かる。
受け取らなかったら、レキは申し訳なさそうな顔をしている。俺
が有無を言わさずホテルに引っ張り込んだのに。
多分、追い掛けたら逃げるタイプ。俺の連絡先に興味もなさそう。
それなら、あえて何も約束をせず連絡先も残さない。とりあえず

大学は分かっているし……

　ホテルを出てから気付く。
　……名乗るのも忘れていた。
　あいつは相当な負けず嫌い。一方的にされて落ちた事を悔しく思っている。なんとなく復讐（リベンジ）に来る気がした。

＊　　＊　　＊

　一週間。金曜日が待ち遠しかった。
　お互いに連絡先は知らない。会えるとしたら、この前の居酒屋。似たような格好をし同じ時間、同じ奥の席でそっと待つ。
『きっと来る』そんな予感がしていた。
「……よぉ」
　声を掛けられ顔を上げる。そこにはレキがいた。
　本当に期待を裏切らない。負けず嫌いな性格、やられっぱなしでも諦めない気の強いところも、結構好きだよ。楽しくて顔が作れない。これは役者失格だな。

　次は自宅のマンションに連れてきた。
　訝しげ（いぶかしげ）な様子のレキに、聞かれるまま名前と年を伝えた。
　プロフィールで公開しているから、流石に勘づくか……？
「……零士？」
　全く気付いていないところか、胡散くさそうな顔をしている。
　しかも呼びつけかよ。
　俺はレキの前だと、芸能人じゃなくてダサめのただの男。……悪くない。レキといると、本当に色々な初体験をさせられる。

仕事について聞かれ、考えてしまう。
　本当の事を言ってもいいけれど、もう少しだけ普通に扱われたい。
　俺が芸能人だって知ったらどうだろう。
　考えられるとしたら『面倒くさいからやめる』とか言いそうだ。
　……言うのは後にするか。
「俺の事、知りたいの？」
「べ、別に‼」
　それ以上は突っ込まれなかった。
　猫みたいな奴だな。構うとすぐ逃げていく。

　二回目も丁寧に慣らしてから抱いた。
　奥を擦ると必死に声を我慢している。
　赤い顔しちゃって……でも我慢しているのを見たら、余計に声を
出させてやりたくなる。
「今度はこっち向いて」
　前からするのヤバいな……
　恥ずかしそうに目を伏せるレキに見惚れた。

「帰る」
　終わった途端、ふらふらと起き上がり、レキはベッドを降りた。
『今回は落ちるもんか』そう顔に書いてある。
　そんなレキを押し倒し脱がせる。
　最初こそ抵抗するものの、体は素直だった。
「やめ……ぁ……ァァぁあ──！」
　でも、そんな顔をしているお前も悪いと思うぞ。説得力ないんだ
よ。そんな甘い声出しちゃって。

ぐったりと眠るレキの額(ひたい)にキスをした。
　今回はあえてメモを残して仕事へ。
【仕事に行ってくる。オートロックだから、そのまま出て。無理させたみたいだからタクシー代。】
　……怒っている顔が目に浮かぶ。

＊　　　＊　　　＊

「シーン18。3・2・1……」
　眩いライトの中。家のセットの中で俺は別人になる。

『もう僕の事は放って置いて』
『行くなよ』
『僕は復讐の為にあなたに近付いた』
『そんなの関係ない。俺にはお前だけなんだ……』
　相手役の凛を抱きしめる。

「はい、カット！　良かったよ、零士くん。凛くん。切なげな表情が最高！」
「ありがとうございます」
　監督が上機嫌で笑うと、その場の緊張が解けた。今、撮ったばかりのものを確認しながら、スタッフ達が盛り上がっている。

　レキはそろそろ起きたかな？　手紙は見ただろうか。
　椅子(いす)に掛け、ペットボトルのお茶を手に取る。
「零士。なんか楽しそうね」

思い出し笑いを見られたようだ。
「そう？」
　マネージャーの赤井さんに話し掛けられ、笑顔を返す。
「ごめんね、金曜日に一本撮影が入りそうなの。朝と夜だったら、どっちがいい？」
「夕方に予定があるから朝の方が嬉しい」
「珍しいわね。いつも『どっちでもいい』の零士が」
　思えば何かに心を奪われるなんて久し振り。

媚薬

金曜日、やたらウキウキしながら、レキが居酒屋へやって来た。
「零士」
これまで見た事もないような全開の笑顔。
今までと全然態度が違う。
レキは上機嫌でビールを頼んでいる。
そんなに楽しそうな顔、見た事ないぞ。
違和感を感じつつ、観察。
今日も喧嘩腰かと思ったのに……
ビールを待っている間、レキはやたら、そわそわしていた。

「お待たせしました」
店員がテーブルにグラスを置く。
スマホを調べる振りして、着信音と同じ音のアラームを鳴らす。
「ごめん。先に飲んでて」
そう伝えて席を立った。

離れた場所から様子を見ていると、レキは何度かキョロキョロした後、ポケットから何かを取り出した。そして俺のビールにそれを入れ、急いでかき混ぜている。
ふーん。やってくれるじゃん。媚薬か催婬剤の類いか？ 流石に下剤とかではないだろうな。
戻ると、レキは落ち着かない様子で俺をちらちら見てきた。
駄目だな、レキ。騙すなら完璧にやらないと。純情で大人しい振りは上手かったけれど、こういうのは初めてか？
レキから『早く飲め』という圧を感じたが、ビールは飲まずメニ

ューを見て焦らす。

　店員を呼んで注文している間に、グラスをすり替えてやった。店員には見られたが、気にしない。

　俺がビールに口を付けたら、今度は口元を緩ませて笑っている。

＊　　＊　　＊

　そろそろ三十分経つ。

　多分、媚薬系だったのだろう。大して飲んでもいないのに、レキの目元が赤くなってきた。
「酔った？」
「帰る」
　自分でも異変に気付いたらしく、レキは帰り支度をしている。
「俺ん家においでよ……」
「やめとく」
　唇を指でなぞると、距離を取られた。

　テーブルに置いた代金を返すが、まともに返事もしない。

　……どれだけ強い薬を飲ませようとしてたんだ。

　強い視線に気付き、後ろを振り向く。

　αらしき三人組がレキをジロジロ見てきた。

　いや、それだけじゃないな。奥の客、店員からも視線を感じる。

　……外で迂闊だったかもしれない。

　予めタクシーを呼び、店を出てすぐに乗り込んだ。

＊　　＊　　＊

　帰宅すると、媚薬が回りきったのかレキの目が虚ろになっている。

88

手に触れられたが、ゆっくりと離した。
「媚薬盛ろうなんて、やってくれたな」
　俺の言葉に明らかに動揺するレキ。
　こういう時こそ、ポーカーフェイスじゃないと。
「計画は失敗」
　レキは下を向いて、何も答えない。
「主導権握りたかった？」
「そ……そんなの知らない」
　赤い顔をして困っているレキに手を伸ばした。

「触れよ！」
　媚薬飲んでいても気が強いな……
　体を撫でて放置したら、レキは怒っていた。
「そんな可愛くないお強請りには応じない」
　そう言って、雑誌を開き読む振りをする。
「な、なぁ……」
　シュンとした声。
　振り向きたいのを我慢していると、レキは俺の周りをウロウロし
始めた。
　しばらくして近くに座り込み、見つめられる。
　言ったらいいのに『触って』って。
　言えないのも可愛いけれど……

　レキは決意したように、よろよろと立ち上がった。
「トイレで抜いてくるのか？」
　俺の問い掛けには答えず、ムッとした顔で上着を羽織るレキの腕
を掴む。

外に出るつもりだ。この状態だと危ないだろ。虐め過ぎたか……
「別にお前じゃなくてもいい」
　思い切り手を振り払われた。
　あの時のサラリーマンにやったように甘えればいいのに。
　こんな状態でもフェロモンに惑わされず、自分に素直で媚を売っ
たりしない。
　今までは触ればどんな人でも意志がなくなるし、口説く必要なん
かなかった。

「……強請れよ、レキ」
　耳元で囁いても、機嫌を損ねたのかレキの態度は頑ななまま。
「言え」
　その時、ようやく目が合い、潤んだ瞳に囚われた。
　レキが一歩、俺に近付く。
　不意にズボンのベルトを外され、ゴクリと生唾を飲んだ。
　強請りたくないから実力行使？　あんなに慣れていないのに、自
分からできるのか……？
　レキの手が震えている。それを見て、俺まで緊張。
　もしかしたら初めて……？
　拙い愛撫に嬉しくて笑ってしまう。
　正直なところ、気持ち良いかどうか聞かれたら、そうでもないん
だけれど。
　一生懸命触れたり、口でしてくれる様子を見ているだけで、何か
が満たされる。
　……これは駄目かも。滅茶苦茶可愛い。

「さっさと挿れろ!!」
　レキのやわらかい髪を撫でると、限界なのか怒鳴られた。それで

も挿れずに焦らすと、今度は傷付いた顔をしている。

　どうしよう。俺の負けでもいいか。

　迷っていると──

「やめた」

　レキは立ち上がり、鞄を掴んだ。

「帰るなよ」

　腕を掴み、ズボンと下着を一気に下ろし、手早くゴムを付けた。

　我慢できず一気に奥まで貫く。

「ア、あぁ！」

　熱を帯びているようだ。

　……欲しい。レキが欲しい。

　誰かにこんな風に強く感じるのは初めて。

　両腕を掴み、立ったまま、後ろから激しく犯す。レキの足がガクガク震えていた。

　媚薬なんて知らないと言い張り、しゃがみ込んだレキを、リビングで散々追い詰めた。

「っ……あ……」

　もっと声が聞きたくて、欲望に忠実に従い、腰を振る。

「やめ……ぅ、アっ‼」

　レキの中はやらしく俺を締め付けた。肩を震わせ、快感に耐える姿は扇情的で堪らなくなってくる。

「い、やっ。嫌だぁっ……！」

　甘い香りに酔いそうだ。

　更に奥を責め立て、そっと背中にキスをした。

　レキをひっくり返し、足を開く。

「や、やめろッ！」
「次は前から」
　恥ずかしそうに赤く染まる頬。
　……反則だよ。こんなに可愛いなんて。
「涙目、可愛いね」
　漏れる本音を隠せなかった。
　ドライでイかせたら、レキは怖いのか、俺にぎゅっと掴まっている。それを見て、込み上げる想いになぜか胸が苦しくなった。
　……この気持ちはなんなんだ。
　抱きしめているだけで、何かが溢れそうになる。

　やわらかい髪を撫でていると、レキはすぐに眠ってしまった。
　まだ会って三回目。この生意気で跳ねっ返りな猫が可愛くて可愛くて仕方ない。
　手を伸ばしてみたい。俺も……

相談

　まだ水曜日。一週間、長いな。早く金曜日になればいいのに。

　今、レキは何をしているだろうか……

　いつも怒らせてばかりだし、上辺の笑顔や企んでいる時の笑顔じゃなくて、一度位、心から笑わせてみたい。

　前、居酒屋でイチゴパフェ食べていた時、幸せそうな顔していたから、ケーキ屋に連れて行くとか……？

「……じ。零士」

「ごめん……何？」

　ドラマ撮影の休憩中、控室でマネージャーの赤井さんに話し掛けられてハッとする。

「珍しいわね？　考え事？」

「……悩んでいて」

「誰が!?」

　赤井さんは物凄い勢いで聞いてきた。

「俺」

　ペットボトルのお茶の蓋を開け、口をつける。

「十年以上一緒に働いてるけど、一度も慌てたり取り乱したりする事なかったじゃない！」

　何やら、やたら動揺する赤井さん。

「うん。聞いてくれる？」

「断崖絶壁での撮影でも蛇やムカデや蜂がいる森での撮影でも、顔色も変えないし動じない。感情が欠落してるんじゃないかって何度心配した事か……！　初めて映画の主演が決まった時も、ドラマの

最高視聴率を連続更新して前代未聞って騒がれた時も『ふーん』だけだったあなたの悩み!?」
　失礼な。結構、酷い言われ様だ。
「明日は時期外れの雪かしら!?　待って待って。とりあえず、お茶を飲んで心を落ち着かせてから」
　大興奮の赤井さんに溜息をつく。
「赤井さん、教えて。好かれたい相手に良い印象を持ってもらう為にはどうしたらいい？」
「ぶっ……ゴホゴホッ！」
　赤井さんはむせている。
「だって零士の目を見たら……」
「その子、全然変化がないんだ」
「そ、そうなの。どこで出会ったの？」
「居酒屋。逆ナン」
「ちょ……大丈夫でしょうね!?　あなたの事だから、問題も心配もないかもしれないけど」
　焦っている赤井さんに思わず笑う。
　反応が面白過ぎ。

　赤井さんと出会ったのは中二の時。それまでのマネージャーが俺のフェロモンに影響を受け始め仕事にならず、日替わりでマネージャーを代えていた頃に会った。俺の体質をよく理解し、珍しくフェロモンに影響を受けにくい人である。
「それで？」
　赤井さんは俺の話に興味津々。俺は少しレキの話をした。

「赤井さん。前の旦那さんとケンカ別れ、三回もしたでしょ？　元

94

サヤに戻った時、何が決め手だったの？」
「嫌な思い出を……そうね。直接の原因は浮気だけど……強いて言うなら『秘密』が嫌いだったわ。隠していた事を全部話してくれて、やり直せるかもしれない、そう思った。二回目、三回目は情よ。毎日、一緒にいると絆される」
「そうか……」
　俺は仕事の事を秘密にしている。
　やっぱり騙されていたと、嫌な気持ちになるのだろうか。

「相手は零士の仕事をなんて？」
「……いや。俺の事、知らないみたい」
「知らない!?　『天下の零士様』を!?」
「その呼び方やめて」
　そりゃ驚く。まさか俺を知らない人がいるなんて。
「変装してた時じゃなくて？」
「ウィッグも眼鏡も無し。俺の職業には不信感を持ってると思う。多分、ヤクザかお金持ちの道楽息子辺り？」
「そんな子もいるのね。目を見ても大丈夫だなんて……」
「それだけじゃないよ。触っても平気なんだ」
　なんだか嬉しそうな赤井さん相手に続ける。
「信じられない！　何者!?」
　自分の事のように興奮している赤井さんに笑ってしまう。
「普通の大学生」
「しかも一般人！」
「おまけに口が悪くて跳ねっ返り」
「……そう。そうなの。零士に対して口が悪いなんて見ものね。今度、会ってみたいわ」
「どうかな？　猫みたいな奴だし」

レキに俺の仕事の話、するべきだろうか……

「誰とも恋愛できないって、中学生の頃から諦めてたでしょ。実は心配してたの。だから嬉しいわ。上手くいくといいわね。でもスキャンダルには十分注意してね！　……好かれるには、うーん。そうね。『優しさ』と『思いやり』を持てば、自然と返ってくるんじゃないかしら」
　嬉しそうに話してくれる赤井さんに頷く。
　その時、ドアをノックする音が聞こえた。
「零士さん。お時間です」
　スタッフが呼びに来てくれたようだ。
「残念！　もっと話したかったわ。やだわー。ニヤけちゃう！　お祝いしなきゃ……お昼はお赤飯にする？　続きはまた今度ね」
　思い返せば、相談事は初めてかもしれない。赤井さんはこんな事で喜んでくれるのか……

『秘密』と『情』。『優しさ』や『思いやり』。
　次に会う時は、ケーキ屋に連れて行って、少し位、自分の話をしてみようか……

真実

　俺は敏腕マネージャーのお陰で業界の中では規則正しい生活を送っていた。

　本来、若いうちならば、夜中朝方の仕事は当たり前。しかし20歳過ぎに過密スケジュールで一度倒れた事があり、それから赤井さんは仕事を選び、深夜の仕事や飲みを断るようになった。

　実はアルコールが苦手。何度か飲み会、打ち上げで具合が悪くなった経験がある。勿論、全力で隠しているし誰にもバレてはいないが。だから必要のない飲みは断ってくれて本当に助かる。

　始めは当然、反発やバッシングもあった。でも赤井さんは折れずに俺の休息を確保する為、日々、あちこちに働き掛け走り回ってくれた。

　今は常にスケジュールは埋まっているから、赤井さんが俺に合う仕事を選り抜き、余程の時以外は睡眠時間だけじゃなくて休みもきちんとくれる。

　こんな仕事だからこそプライベートは大切だと、金曜は基本オフ。不規則な仕事だから、日中に仕事が入る事はよくあるけれど、夜は大体空けてもらえる。

＊　　＊　　＊

　金曜日。ようやくレキに会える。
「いらっしゃいませ！　何名様でしょうか？」
「連れがいて……」
　レキの声がして振り向く。
　俺を見つけ目が合うと、つかつかと寄り、シャツを掴みボタンを

外された。

「おいおい。何してんの。外でやるつもり？」

　──もしかしたら俺が芸能人だと気付いたのか。鎖骨の黒子を確認しようとしている？

　胸元を開かれると、レキの顔色が変わった。

　『やっぱり』という顔を見て、諦める。

　──腹を括るか。

「お前ん家に行こう」

「……いいよ」

　ここで問いつめず、マンションで話すつもりなのか。レキは変に大人びている。普通、20歳っていったら、もっと騒いだりするよな。

　強請るネタは色々。『芸能人の零士の私服はダサい』『自分は零士と関係を持った』過去に利用したホテル、自宅の住所。マスコミが大喜びしそうな物が山程ある。

　しかも気に入らない相手の弱みを握れるんだぞ。こんな時に俺の立場を考えているなんてお人好し過ぎる。

　芸能人だと分かっている相手を自宅に連れ込むのは危険かもしれない。盗聴器とか仕掛けられたら、スクープどころか俳優生命を脅かすものになる。

　……でもレキは絶対にしない、という自信があった。

　ホテル代、飲み代を毎回払おうとするし、学生証を見える場所に置く迂闊なところは人をあまり疑わない素直な性格を思わせる。真面目で倫理観があり、タクシー代も遠慮して受け取らない。

　あとは媚薬を盛ろうとした時の挙動不審さ。自分を守る為の嘘は上手いけれど、人を騙すのは苦手。

　自信というよりは願望だった。

　──レキを信じたい。

　　　　　＊　　　＊　　　＊

「お前の職業は俳優か？」
　自宅に着くなり、詰め寄られた。
「そうだよ」
　目を見て答える。
　……包み隠さず全て話してみようか。今まで誰にも話せなかった
俺の秘密。
　レキなら俺の話をちゃんと聞いてくれるかもしれない……という
気がしていた。

　ぽつりぽつりと話し始めた。今まで自分の人生のほとんどだった
仕事について。
　レキは真っ直ぐ俺を見て話を聞いてくれた。
「……マジで本物？」
　レキの問い掛けに頷く。
　時計を見て、テレビを点けた。『運命の番』にチャンネルを合わ
せて、演技を見せる。
『お前が欲しいんだ』
『俺のものになれよ』
　ドラマと合わせて言った台詞。
　それは紛れもなく、俺の本音だった。

　外でも演技をするようになったと話すと、レキは少し悲しそうな
顔をした。芸能人なんだから当たり前、贅沢な悩み、そう言われて
も仕方ないのに。やっぱり、お前って……
「演じるようになって、ようやく俺は自由を手に入れたんだ。誰も

魔性のαとナマイキΩ -Be mine！sideR-［上］　99

俺に気が付かない」
　自由と同時に諦めたものはたくさんあった。
　心配させたくなくて、家族にも赤井さんにも伝える事はなかった
俺の孤独。
　話を聞いて、レキはなんとも言えない顔をした。
　優しい子だな。俺の過去を思い、心を痛めているのか。
　おかしな体質、フェロモンについても話してみる。
　誰かに理解されたい。初めて、そう願う。今までは『仕方ない』
でずっと諦めていた事。
　レキと一緒にいると楽しいんだ。二人でいると温かい。
　憧れていた『普通』。
　モノクロだった世界が鮮やかに色付いていく。

　冷蔵庫を開けてビールを取り出した。
「何も入ってないな」
　レキは冷蔵庫の中を見て驚いている。
「料理苦手なんだ」
　また一つバラしてしまった。
「……なんで俺に話した？　お前の正体、マスコミにたれ込んだら
どうする」
　心配しているようにも聞こえる。本当にその気なら、そんな台詞
は出てこない。
「お前はそういう事しないだろ」
　こういう業界にずっといるから、私利私欲で動く人間はすぐに分
かるんだ。
「どうして言い切れる」
「売る気なら、俺の所には来ない」
「それは自信がなかったからで……」

簡単に認めたくないのか、レキは口籠っている。
　ビールを手渡すと、レキは黙って受け取り、プルタブを開けた。

「実は……声を掛けてくる前から、お前の事、知ってたんだ」
　バーでのレキを思い返す。
「あの時が初対面じゃなかったのか」
「少し前、事務所の近くのバーでナンパ待ちをしてた。βにしか見えないのにボタン開けて首輪を見せつけてる子がいるから、客もそわそわしててさ。しばらく見てたら、αが何人かナンパしに行ったけど全員、惨敗」
　仮説を立てた。
　レキはαのフェロモンに強いだけじゃなくて、αが苦手なのかもしれない。
「どれだけ理想が高いのかと思ってたら、経験の無さそうな、ちょっと残念系のβ引っ掛けて甘えながら去って行った。その時、俺、隣の席にいたんだよ」
　ビールの炭酸の心地良い音が響く。

「なんとなく気が付いた。ただの勘だけど確信に近かった。お前も俺と同じ演じる人間かもしれない……と」
「演じる人間……？」
　完璧な嘘。作り上げられた人物像。多分、無駄なトラブルを避ける為。
「αのナンパを断る時、それはそれは申し訳なさそうに断って、無垢で大人しそうな様子を作り上げていた。お前、αが嫌いだろ。きっと、あの場にいた誰もが気付いてない。しかも何日かしたら、ダサいフリーター風の俺に声を掛けてきた。もし俺がαって分かってたら声は掛けなかった。違うか……？」

レキは俺の言葉を黙って聞いている。
「俺を知らないし、目を見てもなんの変化もない。しかもΩなのにα嫌い。それが興味を持ったきっかけ」
　実際会ったら、それだけじゃなくて──
「……レキ」
「うん……」
　神妙な顔しているレキの手を掴む。少し驚いていたが、手は振り払われなかった。
　口は悪いけれど隠しきれていないよ。
　お前の根は人情深くて優しい。
　少し前なら、きっと逃げられていた。
　……過去の話を聞いて不憫に思った？
　理由なんてどうでもいい。

「俺、寂しかったんだ……」
　初めて声に出して言った。
　……そう。寂しかった。誰とも親密になれない自分。街中を歩いても一人。幸せそうな恋人、仲の良さそうな同僚や友人達をただ眺めるだけ。
　寂しさに慣れる事はない。
　どんなに騒がれても人気が出ても、俺の体質は変わらなかった。

「レキ。俺の恋人になって」
「……は？」
「駄目？」
「は、はぁ──!?」
　レキは目が丸くなり、訳が分からないという顔をしている。
「レキと付き合いたい」

「ちょ！　ちょっと待て！　何がどうして、そうなった!?」

「俺の事、嫌い？」

　肩を抱き、距離を近付ける。

「嫌いじゃなきゃ……っ……付き合うってわけじゃねぇだろ!!」

　レキの動揺に思わず笑いそうになる。

　こういうところもツボかも……

「嫌いじゃないなら付き合おう」

「お前は混乱してるだけだ。俺にフェロモンが効かなくて……っていうか！　そういう流れじゃねぇだろ!?」

　焦っているレキも可愛い。

「レキがいい」

　にっこり笑うと、レキは口が開いたまま。パクパクしている口を見て、思わず吹き出す。

「……からかうな」

　レキが睨んできた。

「からかってないよ」

　お前が面白過ぎるのも悪いと思う。

　少しして、レキはビールをテーブルに置いた。

「別に俺が好きなわけじゃないだろ。お前を知らなくて、今までの相手と違って物珍しいだけ……」

　そう言って後ろを向いてしまった。

「レキ」

　声を掛けても振り向かず、耳が赤くなっている。

　黙って返事をしないレキの腰を引き寄せて、目を見つめた。

『好き』……？　まだ、よく分からない。

　レキは可愛い。一緒にいると楽しい。

もっと会いたい……
　会う度に確信していく。特別な関係になりたいって。
　もう何年も恋人と呼べる人はいなかった。碌な恋愛はしてこなか
ったし、とっくに諦めていたんだ。

「俺のものになって」
　──見つけた。俺の唯一。

困惑…sideレキ

　零士の仕事、生い立ち、フェロモンの話を聞いた。

　華やかに見えた世界は意外と寂しく、他者の追随を許さない完璧な男は想像がつかない程、孤独だった。

　αは自分の弱味を見せたりしない。俺なんかに話すって事は……

　悪態をついても楽しそうに笑っていたのは、今まで誰とも深く関われなかったから……？

　同情のような感情を抱（いだ）き、ふと考える。

　——今、気付いた。暴言を吐いたり嫌な態度を取っても、零士はキレたりしないと俺は安心していたのか……？

　αのくせにΩの俺に執着しない。

　普通ならΩを囲いたい、自分だけのものにしたいと思う。少なくともトラウマの元凶達はそうだった。

　色々考えていると、零士は俺を見て笑顔を作った。

　やっぱり寂しそうに見える……

「……レキ」

「うん……」

　不意に手を掴まれる。

　驚いたけれど、手を振り払う事はできなかった。

　思春期から碌に人と関われず、友達や恋人を作れない。あんなに輝いて見えたのに。そう思ったら邪険にできなくなってしまった。

「俺、寂しかったんだ……」

　目を伏せた零士を見つめる。

　長い長い年月。どんな思いをして……

　偽り続けた自分と重なる。

「レキ。俺の恋人になって」
「……は？」
　聞こえてきた空耳に思わず聞き返す。
「駄目？」
「は、はぁ──!?」
　今、『恋人になって』って言った……!?
　突然、付き合いたいと言われ、慌てる。
　会話の脈絡も無さ過ぎだろ。
「俺の事、嫌い？」
　零士が近付き、肩を抱いてきた。
　動揺してしまい、思考回路が働かない。
「レキがいい」
　眩し過ぎる笑顔を向けられる。
　このとんでもない男と付き合う……？
　唖然としていたら、零士は俺の様子を見て吹き出した。
「……からかうな」
　悩んで損をした。真に受けたりして……
「からかってないよ」
　悔しくて睨むが、手は握られたまま。

　不満は残るが、少しだけ考えてみる。
　雨の日は眠れないし、俺にとっても悪くない話か……？　いやい
や。そんな打算で付き合うとかねぇだろ！
『恋人になりたい』
『付き合おう』
　純情ぶって猫を被り大人しい子を演じていた時には、言われた事
がある。

106

『好きだ』と言われたわけじゃない。でも『そのままの俺でいい』そう言われたような気がした。

　顔熱い。なんだ、これ。照れる……

「レキ」

　やたら甘い眼差しにたじろぐ。

　……やめろよ。そんな目で俺を見るな。

「俺のものになって」

　今度はふざけている感じではなかった。真剣な表情をしていて、身の置き場がない。困ってしまい、自分の足元に目線を移した。

　俺、こんな風に告白されたの、初めてかも。告白っていうか、俺が物珍しいだけだと思うけれど……

『気持ち悪い。お前、Ωだったのか！』

　不意に過去を思い出し、冷めてくる。

　今更、何を動揺しているんだ。理人だって……

　どんなに仲良くなっても一緒にいるのが楽しくても、αはいつか俺を裏切る。

　ずっと一緒にいてくれて優しかった烈さんも、アメリカに行く事をギリギリまで話してくれなかった。

　心を許せば辛くなる。あの時に痛い程、実感した。

　いくら独占欲の薄い零士だって、俺の過去を知れば離れていくだろう。数え切れない程の男に抱かれ続けてきたんだ。受け入れられるはずはない。過去は一生付きまとう。

　俺は誰とも付き合わない。そう伝えるべきなのに。

『寂しかったんだ……』

　零士の悲しい言葉が引っ掛かる。

　周りが皆変わってしまい、どんなにやるせなかっただろう。友達

も作れなかったと言っていたし、ずっと独りだったのかもしれない。それがどんなに虚しい事か、俺は痛い程、知っている。

　──断ったら、零士はまた孤独になるのか。似た境遇だったからこそ、少し心苦しい。

　αだけれど、痛い事も束縛もしない。少しでも変化があれば、すぐに切ればいいだけだし……

　心を決め、顔を上げる。

「……セフレならいいよ。お前の性格はムカつくけど、負けっぱなしで悔しいし、体の相性は悪くないから。お前が飽きるか、万が一、本気になったら関係はお終い。俺、恋人はいらないんだ」

　後ろを向いたまま話した。

「うん。いいよ。それで」

　零士がやけにあっさりと答えた。

「今はセフレでいい。金曜以外の暇な日は？」

「ほとんどバイト」

『今は』？　引っ掛かるワードだな。

　続けてもきっと変わる事はない。

「何してるの？」

「……ケーキ屋」

　少し考えてから振り向いた。

　子どもっぽいと馬鹿にされるか？

　零士はふっと目を細めて笑った。

「俺も甘い物、好き。今度行っていい？」

　へぇ……そうなのか。プロフィールには載っていなかった。

「バレたら、どうすんだよ」

「そんなヘマしないよ。中で食べられるの？」

「食えるけど来るな」

「どんな格好？」

「別に普通。白シャツにエプロン」

　うちの店に……？　駄目駄目。店の子やパートさん達、気付いたら倒れそう。

「俺はチーズケーキが好きなんだ。スフレにベイクド、ニューヨーク、レア、全部好き。レキは？」

　零士が楽しそうに話す。

　適当に話を合わせたんじゃなくて、本物だ。

「……いっぱいあって選べない。ショートケーキ、チョコ系、タルト、王道が好き。チーズケーキならニューヨーク」

「重いのが好きなんだ。ずっしり感がいいよね。時々、無性に食べたくなる。俺はレアチーズ派。中でもホイップしてる食感のが一番好きなんだけど、なかなか売ってない」

「エアーチーズケーキ？　ゼラチン入ってないやつ？」

「いや、よく分からない。たまにコンビニで見つけるカップデザート。時々しか見ないから、売り出すと棚に置いてある物、全部、買い占める」

　コンビニでデザートを買っている姿を想像……

「ははっ。迷惑」

　思わず笑ってしまった。

　正体に気づかれたら、大騒動だな。

「自分で簡単に作れるよ」

　少し驚いている零士に話した。

「本当に？」

「十五分位で作れる」

「お前、凄いな。レシピを教えてくれ」

　尊敬の眼差しを向けられる。

　……変な感じだな。

甘い物の話で、バイト先以外の人と盛り上がるなんて初めて。
　それより何より α と普通に会話している。
「そうだ……ちょっと待ってて」
　零士はテーブルに置きっ放しの紙袋を持ってきた。
「はい」
　手渡されたのはワッフルとバームクーヘン。
「ドラマの収録始まると差し入れとかで、山程貰うんだよ。いっぱいあるから一緒に食べよう」
　このワッフルは……！　数量限定のやつ!!　こっちのバームクーヘンも有名店！　こんな旨いもの、毎日、貰ってんのか。
「貰う」
　選んだのはドライオレンジが入ったワッフル。開けると甘酸っぱいオレンジとバニラの甘い香りがした。
「旨い！　サクサク！　なんかツブツブの砂糖も入ってる。オレンジ合う……！」
「お前って猫みたいだな。簡単に餌付けされて、構うとすぐ逃げる。くく……」
　だって甘い物に罪は無いし。
　零士を盗み見ると、頬に手が添えられ目が合った。

「俺、肩書は気にしない。別になんだっていいんだ。お前と一緒にいられるなら……」
　零士は優しい顔をしていた。
　そう考える α もいるのか……
　でも俺に期待しないで欲しい。そんな風に言われると困る。
　まともな恋愛なんて俺には……
「零──」
　急に抱きしめられて驚く。

「な、何すんだ。離せ！」

「レキ。俺、嬉しい。誰かとケーキの話したの、初めて」

　思ったより寂しかったのかな……

　考えたら突き飛ばせなくなってしまった。

「──って。おいコラ！　何脱がしてんだ！」

「だって俺達、セフレでしょ？」

　そうは言ったが……

「レキに飽きられないように頑張らないとね」

　爽やかな笑顔が怖い。

　お前は頑張らなくてもいいんだけれど。

「今夜はキッチンでする？　お風呂でする？」

　あっという間にポイポイ脱がされて、下着だけにされる。

　……寝室の選択肢はどこへ行った。

「セフレらしく勝負しよう」

　零士はシャツのボタンを外した。脱いだだけで、恐ろしい程の色気。当てられないように顔を背ける。

「……なんの」

「先に声、出したほうが負け。負けたら相手の要求を一つ呑む」

　つまり勝てば言いなりにできるのか。

「自信ない？　それなら違う勝負でも……」

　余裕綽々な態度にカチンときてしまう。その気遣いすら嫌味に聞こえる。

　その気になれば声位、一切出さなくても平気だ。問題無い。

　絶対に勝って無理難題をやらせてやる。

「お前なんかに負けない」

「じゃあ、勝負開始」

　後で後悔しやがれ。前回までの俺と同じだと思うなよ。

「先に風呂貸してくれ」

　念の為、風呂で一度、抜いて態勢を整えておこう。卑怯？　どうとでも言ってくれ。負ける位なら卑怯者で一向に構わない。

「今日はお風呂の気分？」

　零士は楽しそうにくすくす笑っている。

「風呂場ではやんねぇ」

「キッチンでしたいの？」

　その二択はおかしい。

「……寝室でいいだろ」

「レキ、ベッドで優しく抱かれたかったんだ。可愛いね……」

　零士が髪を撫でてきた。

　また子ども扱いして。

「そんな事、一言も言ってねぇし！」

　腹が立ち、手を払う。

「一緒に入る？」

　コイツは……！　人の話を聞け！

「入らん」

「一緒に入ろうよ」

「……タオルは？」

　埒が明かない。放って置いてシャワーを借りる事にした。

「脱衣所にあるよ」

勝負

　もう驚かないぞ。脱衣場が普通じゃなかったとしても。
　中は広々としたリラクゼーションルームのようだ。洗濯機や棚はやたら洒落ているし、立派なマッサージ機まである。

　浴室に入ると、すでに湯が溜まっていた。
　風呂も大理石か？　キラキラし過ぎだっつーの。しかも風呂にテレビと電話まである。
　どこもかしこも嫌味な造りだな。自宅なのに、ジェットバスだし。ここ、零士が自分で掃除している？　それともお手伝いさん？　普通にお手伝いさんとか、いそうだ……

　その時、ドアが開き、断りもせず零士が風呂場に入ってきた。
「な、なんで入ってくんだよ！」
　さっとタオルで前を隠す。
「楽しいから」
　この男……！　俺は楽しくないっての！
　まだ抜いてないのに……

　無駄にフェロモンを振り撒かれ、後退る。
　自分の貧相な体を見られるのは不利かもしれない。
「電気消せ」
「女の子みたいな事言うなよ。恥ずかしくないんだろ？」
　喧嘩を売っているとしか思えない。
　苛つきながらボディーソープを手に取った。
　零士め。絶対に今夜の勝負、負かして言う事聞かせてやる。

「俺が洗ってあげようか？」
　スポンジを取られた。
「自分でやる」
　すぐに取り返す。
　一体、何が面白いのか、零士は肩を揺らし笑っている。

「泡風呂にしようと思って、入浴剤持ってきたんだ」
　零士が入浴剤を入れると、薄いピンク色の泡がモコモコ出てきた。
　……凄い泡の量だ。泡風呂って本当に泡だらけ。こんなに多いと
溢れそう。
「風邪引くから早く入ろう」
　じっと見ていると、何やら口元を緩ませながら零士が言ってくる。
　いちいち、癪に障る奴だな。楽しそうな顔しやがって、いつまで
も余裕でいられると思うなよ。
　仕方なく体を洗い始めると、絡み付く視線を感じる。
　……まるで視姦されているようだ。
　風呂場は明る過ぎて気まずくなってきた。
「じ……ジロジロ見んなよ」
　我慢できず口にしてしまう。
「照れてるの、新鮮……赤いよ、レキ」
「赤くない」
「なんか今日のお前、可愛いな」
　阿呆な事を言ってくる零士に突っ込む気力もない。
「終わった？　先にお湯に入ってて。イチゴケーキの匂いらしい」
　道理でバニラっぽい匂いがするなと思っていた。
　ふわふわの泡に浸かる。
「ジェットバス、付けてもいい？」
「……どうぞ。スイッチはそこ」

タッチパネルを指差された。
　どうせなら楽しんでやれ。ジャグジーなんて滅多に入れないし。
　結構な水圧。疲れた体に心地良い。
　泡が増え、甘い匂いに癒やされる。

「詰めて」
　零士も中に入ってきた。
　いかんいかん。つい気持ち良くてぼんやりしていた。やっぱり一緒に入るのか。広いから二人でも余裕だけれど……
　零士の視線を感じ、そわそわしてくる。
「俺の目を見て。レキ」
「……やだ」
　今度はなんだ。目を見る必要は全くないはず。零士の思考回路はどうなってんだ。本当に勘弁してくれ。
「勝負は『声を出した方が負け』だろ？　目を見るのは関係ないんじゃないの？」
　ごく当たり前のように主張されるが、見る理由なんて思い当たらないし、挑発に乗るつもりもない。
　腕を掴まれ距離を詰められた。
「恥ずかしいから見られない？」
　……な……なんだと⁉　この野郎、ギャフンと言わせてやる！
　零士にピッタリくっつき、膝の上に乗ってやった。
「もう一個、勝負を増やそう。先に目を逸らしたら負け。こっちも負けた方が一つ、言う事を聞く」
　売り言葉に買い言葉。零士の肩に手を置き、睨んで言う。
「二つも思い付かないな。何にしよう……」
　零士は真面目に悩んでいる。
　は？　二つとも勝つ気かよ。絶対に負けるもんか。後で死ぬ程、

後悔すればいい。
「……勝った気になってんじゃねぇ」
「準備はいい？」
「いつでも」
　零士が腰に腕を回し、反対の手は頬に添えられた。
　まるでキスするような──しねぇけど!!
　距離が更に近付く。

　濡れた髪から雫が落ちる。
　角度によって変化する目の色。何千何万の人を虜にしてきた瞳。男のくせに物凄い色気だ。魔性の男だと騒がれるだけある。
　確かに零士は格好良い。でも俺は屈したりしない。誰がαなんかにドキドキしたりするもんか。

笑顔…side零士

『セフレならいい』
『飽きるか本気になったら関係はお終い』
『恋人はいらない』
　レキに釘を刺された。なぜか暗い顔をしていて心配になる。
　俺が無理というよりは『付き合う事』に抵抗があるように思えた。
　どうして、そんな投げやりな態度なのだろう。
　逆ナンしていたのに未開発な体。触られるのも口説かれるのも慣れていない。
　前に付き合っていた男が酷い男だったとか？　遊ばれたとか二股とか……？　それともΩだからと恋愛を諦めている？
　あまり深追いすると、レキは逃げるかもしれない。
　話したくなさそうな様子を見て、問い詰めるのはやめ、違う話題を振った。
　聞くと、レキはケーキ屋でバイトしているらしい。その話をして少し気が緩んだのか、暗い表情はなくなりほっとする。
　カップデザートを買い占めた話をした時、レキが笑った。
「ははっ。迷惑」
　作り物じゃない素の笑顔。半分呆れながらレキが目を細める。
　笑うともっと可愛い……
　見惚れていたら、すぐ真顔に戻ってしまった。
　もう一回、笑わないかな。
　貰い物のお菓子を手渡すと、レキはオレンジのワッフルを選んだ。
「旨い！　サクサク！」
　満面の笑顔に釣られて笑う。
　また笑った。そんなに甘い物が好きなのか。

「お前って猫みたいだな」

　レキは何か言いたげだったけれど、食べるのに忙しいのか何も言い返してこなかった。

　口元にワッフルが付いている。

　子どもみたいな奴……

　無意識だったと思う。頬に手を伸ばしたのは。

「俺、肩書は気にしない。別になんだっていいんだ。お前と一緒にいられるなら……」

　そう伝えると、レキは顔を曇らせた。

　過去に何があったかは分からない。それでも……

「零……」

　そっとレキを抱きしめた。

　もっと色々な話をして、さっきみたいに一緒に笑い合いたい。

　普通だったらできていた事。フェロモンのせいで諦めていた事。レキと一緒なら、取り戻せるかもしれない。

　抱きしめたせいで、レキは怒りながら赤くなっている。

　そんなに隙だらけで、今までよく無事だったなと思う。

　首輪はΩの印で、まだ誰のものでもないという証。

　──改めてレキが欲しいと思う。

　話している最中に服を脱がすと、レキの目元が赤くなった。

　照れている顔を見て溜息をつく。

　また、そういう顔する。悪いのは俺だけじゃないと思うぞ。

　気を取り直し、勝負を持ち掛けた。

「セフレらしく勝負しよう」

　自分のシャツのボタンを外す。

　レキは根っからの負けず嫌い。今夜はとことん煽ってやりたい。

我慢している顔が見たくて、声を出さないゲームを提案した。断られないよう先手を打ち逃げ道を封鎖、煽ったらすぐに乗ってきた。
「レキ。ベッドで優しく抱かれたかったんだ。可愛いね……」
　からかうとムッとした顔をしている。
　レキのすれてない感じ、いいな。取り繕う事もしないし、かえって清々しい。
　髪を撫でようとしたら、手を払われた。思っている事が全部、表情に出る。
　レキは怒りながら、お風呂へ行ってしまった。

．

風呂場

　照れた顔、可愛いいんだよな……

　欲望に抗わず追いかける。

　聞いたら断られるから、最初から聞かない。

　声も掛けずドアを開けた。

「な、なんで入ってくんだよ！」

　予想通り慌てるレキ。

　笑顔で誤魔化すと、「電気消せ」とぶっきらぼうに言われた。

　暗くしたら顔、見られないし……

「恥ずかしくないんだろ？」

　負けず嫌いのレキにはこれ位言っておこう。

　案の定、それ以上は何も言われず、電気を点けっぱなしにする事
に成功。

　ご機嫌斜めの様子だが耳まで赤い。

　口元が緩んでしまい、気を引き締める。

　これでも表情を作るプロなのに。

　レキは俺を無視して体を洗い始めた。でも照れている様子にキュ
ンとしてしまう。

「じ……ジロジロ見んなよ」

　恥ずかしそうな顔が余計男を煽るなんて、まだ知らないんだろう
な。

「……赤いよ、レキ」

「赤くない」

　そんな顔で否定されても説得力ゼロ。

　レキは俺の方を見て、何か言おうとしてやめた。突っ込まず無言
で洗っている。

お湯に浸かると、張り詰めていた緊張感が和らいできた。先程までとは打って変わって、うっとりと気持ち良さそうな顔をし、レキは泡風呂を楽しんでいる。

　……不機嫌はどこにいったんだ。

「詰めて」

　中に入ると、レキは下を向いてしまい全然こっちを見ない。頑ななレキを丸め込む方法は……

「恥ずかしいから見られない？」

　わざと意地悪な言い方をすると、レキは俺にくっつき、膝の上に乗ってきた。

　やっぱり売られた喧嘩は買うタイプ。

　今度は目を逸らしたら負けのゲームを持ち掛けられる。

　……それは楽しそう。

　腰に手を回し、キスする位、顔を近づける。

　本当に凄い。この距離でこんなに触れているのに、長い時間、目を見てもフェロモンの影響を受けないなんて……

　すぐにレキの頬が段々赤くなってきた。

　自分で仕掛けたくせに照れているのか。

　少し困った顔を見て、そっとレキのに手を伸ばす。

「……！」

「声出しても目を逸らしても負けだよ。レキ」

　レキは俺を一睨みしてから、触れてきた。

　上下に擦っただけで、レキの目が潤んでくる。

　声を必死に我慢し、懸命に目を逸らさず頑張っている様子を見て、負けてあげてもいいかな……そう思った。

願いを叶えてあげればレキの気も緩むし、もしかしたら距離も近付くかもしれない。一瞬、逸らすだけ……
　──でも目線が外せない。
　快感に耐える表情は、俺を簡単に捉えた。
　抗えない。これがΩのフェロモンなのか。
　堪らなくて震える肩を引き寄せた。そしてレキの快感をゆっくり探る。

　充満した入浴剤とは違う香り。耳を犯す甘い吐息を聞いているだけで、どうしようもない気持ちになった。
「……一回、離して」
　悩ましげな表情でレキが言う。
「なんで……？　勝負は声を我慢、目を逸らしたら駄目。だから出しても負けじゃない」
　答えながら手は止めなかった。
「……っ！　は、離せ。湯が……汚れる」
　感じすぎて途切れ途切れの言葉。
「零……士……」
　思わずドキッとする。熱を含むように囁かれた俺の名前。
「汚していいよ」
　もっと声を聞きたくて、手の動きを早くする。結局は目が離せなくて、そのまま追い詰めた。
「やだ……あが……る……」
　レキはふらつきながら立ち上がった。
　でも涙目を見たら、逃がしてあげるのは難しい。
　腰を支え、浴槽の縁に座らせ、そのまま再開した。
　上擦った声。震える体。もう少しか……
　レキの後ろに手を伸ばす。

「や、やめろ……両方なんて……ッ！」
　中をゆっくりかき回す。
「レキ。中、濡れてる……」
「変な事っ……言うなよ！」
「……期待してた？」
　指を忍び込ませると、レキは蕩けそうな表情になっている。
「期待なんか！　ふ、ふざけ──」
「可愛い顔しちゃって……」
「お前だって、こんなになってるくせに！」
　レキが俺のをぎゅっと掴む。
　言葉は乱暴。でも目はうるうるしているし声は甘い。アンバランス過ぎる……
　レキの目を見ながら、予め準備しておいたゴムに手を伸ばす。手早く付けて、引き寄せた。

「そうだよ。我慢できない。……ここでしょ」
　レキの答えを待たず、腰を押さえつけて、昂ぶったものを押し付ける。
「……ベッドで。ぅ」
　柔らかくなっているそこは濡れていて簡単に俺を受け入れた。逃げる腰を掴まえ、ゆっくり優しく揺さぶる。
　動く度に波が立ち、お湯が零れた。
「れぃ……じ……」
　甘い香りが強くなる。
　本気で変になりそう……
「もっと奥までさせて」
「む、無理！　嫌……」
「……大丈夫。怖がるなよ。俺に掴まって」

レキの手を自分の背中に持っていく。
「ぁ……あぁッ！」
　奥を開くと、レキは堪えきれず目をつぶり声を上げた。
「俺の勝ちだね」
「……畜生」
　悔しそうに呟くレキは色気に溢れていた。達したせいか、全身が赤くなっている。
　抱きしめて背中を撫でたら、力が抜けているようでレキは俺にもたれかかったまま抵抗しなかった。
　息が肩にかかり、ゾクリと体が粟立つ。
「何、終わった気になってるの。勝負はついたけど、まだ挿れただけ」
「は、ちょっ……んぁ！」
　話してる途中で、奥を突く。
「ま……待って。……ッ！」
　そんなトロンとした顔で『待て』とか言われても。
「待てるかよ」
　優しくレキの感じる場所を刺激する。浴槽から湯がバシャバシャと零れた。
「んッ！　ぁ……あっ！」
「ほら、頑張って。レキ」
　達したばかりだからか、辛いのかもしれない。
　……でも、もっと見たい。
「あァァっ！」
「凄い声」
　興奮して乱暴にならないように、なんとか平静を保つ。
「う、るせぇ！　い、加減にしろっ！　何回ヤったら……ん……気が済……ッ、あぁ！」

「一晩中？」
　レキと一緒にいると知らない自分に気が付く。
「俺を殺す気か!?　んんッ！　動くな！」
「今度は後ろからしよう。奥まで挿るようになったね」
　奥の奥まで入り込みたい。後ろ向きにして一気に貫く。
「ぃ、嫌！　やっ……ッ！」
「本当に嫌？」
「や……に、決まってんだろ！」
「じゃあ、なんでこんなに濡れてるの？」
「……違……ッ……ん……！」
　強気な言葉とは裏腹に、浴槽へ掴まるレキの手も腰も震えていた。
「ん……！　や！　奥……やだっ！」
「そう？　俺は奥が好き」
　抵抗するレキの腕を掴み、激しく打ち付ける。
「……は、ハァッ……ぅ、んん！　こ、この変態！　離せ！」
　抱きしめたら甘い香りにクラクラする。
　何度も出し入れすると、レキは悲鳴みたいな声を上げた。
「ぁ、あっ！　アァァ──！」
　イッているレキに構わず、挿送を速める。
「も、無理っ！　イッ！　てる……から……‼　やめ……！　激し……くしないでっ！　ヤッ！　ん……あアぁぁアッ！」
　泣いているような声に興奮して更に責め立てた。

　薄い性を吐き出した後、レキは壁にもたれかかった。
「レキ？」
「……」
　レキの体が傾く。

「おっと！」
　崩れそうになるレキを慌てて支えた。
　完全に落ちている。もしかしたら逆上せたのかもしれない。
　シャワーで軽く流してから、抱き上げて寝室に連れて行った。
　着替えさせドライヤーをしても、額に冷やピタを貼っても、レキ
は全然起きない。
「……こんなに……ケーキ、食べきれない」
　レキはむにゃむにゃ言って幸せそうに笑った。
「ふっ」
　思わず一人で笑ってしまった。
　寝言……？　なんの夢を見ているのだろう。
　手に触れるとレキは無意識に握り返してきた。
　胸がぎゅっとなる。

　静かな夜。無防備に眠るレキは可愛くて、ただ寝顔をずっと見つ
めていた。

約束…sideレキ

　目が覚めたら、ベッドの上だった。

　あの野郎、好き勝手やりやがって。服は着ている。零士が着せて
くれたのか……

　額に違和感を感じ、触ると冷却シートが貼ってある。

　何を考えているか、よく分かんない奴だが、意外と世話焼きか？

　ドアを開けたら、途端に甘い匂いがしてきた。

　ふらつきながらリビングに行くと、何かを作っている音がする。

　俺の気配に気が付き、零士が振り向いた。

　キッチンは広くて機能的。ピカピカのＩＨに高そうなフライパン
が目に入る。

　システムキッチンってやつか……

　料理好きの血が騒ぐ。

「ごめん。起こしたか」

「今、何時？」

　時計が見当たらず、聞いてみる。

「夜の11時」

　そう答える零士の横には卵が置いてあった。

「……何作ってんの」

「ホットケーキ。でも上手く焼けないんだ」

　すでに二枚焼いたようで、奥の皿に焦げている失敗作が積んであ
る。真っ黒だが、中は生焼け。

「強火でやった？」

「駄目？」

「弱火でやるんだよ。っておい。油入れ過ぎ！　ホットケーキじゃ

ないものが出来上がるぞ」
　ドバドバ油を入れる零士に焦る。
「ホットケーキ以外？」
「ドーナツとかもできるんだよ。まぁ、材料や分量は違うけど
……」
「食べたいけど揚げ物は怖いな」
　零士は箱の後ろを見ている。
「ふ、怖いのかよ。本当に料理とかしないんだな。マドレーヌ、蒸
しパン、クッキーも作れる」
「凄いな……」
　零士は感心しながらボールを持ってきた。
「作ってくれる？」
　にこにこと手渡される。
「俺の分も貰うぞ」
　ケーキミックスをフライパンに入れると、バニラの香りが辺りに
広がった。
　零士は、冷蔵庫からイチゴと生クリームを取り出し、カウンター
に乗せている。
「レキ、イチゴ好きだろ。媚薬盛った日に居酒屋でイチゴパフェ食
べてたし」
「……好きだけど」
　まるで俺の為に準備したような言い方だ。そういえば入浴剤もい
ちごケーキの匂いだった。

「膨らんできた。まだ返さないのか？」
　零士がフライパンを指差す。
「ぷくぷく泡が出てきてただろ。これがもう少し増えたら」
「ふーん。だから失敗したのか」

普通だな。笑われると思っていたのに。
　深呼吸を一つ。決意して零士に向き合う。
「零士。お前の要望はなんだ」
「え？」
　天下の零士様がどんな要求をしてくるのか、正直、ジャンルすら想像がつかない。
「さっきの賭けだよ。負けは負けだ。煮るなり焼くなり、好きにしやがれ！」
「男らしいな。なんでもいい？」
　零士が目を細めると、長いまつ毛が揺れた。
「……おぅ」
「本当に？　二言は無い？」
　わざわざ再確認されると少し怖い。
「無い！　早く言え。一思いにやってくれ」
　一体、何をやらされるんだ……
　ヒヤヒヤしながら答えを待つ。

「俺とデートして」
　まさかの返答。目が点になってしまった。
「一つ目は一緒にケーキ食べに行きたい。二つ目はゲームセンターで遊ぶ」
「……そ、そんなのでいいのか」
　想定外の返しに驚く。
「俺、フェロモンのせいで、まともなデートをした事がないんだ。次の金曜にどう？」
　そうか。フェロモンのせいで……
　もっと、とんでもない要求が来ると思っていた……
　芸能人とデート？

「バレたらどうするんだ」

　お忍びってやつか。面倒くさそうな予感しかしない。

「ちゃんと変装するよ。ここに行ってみたくて」

　スマホを見せられる。

　それはホテルのケーキバイキングだった。宝石のような色とりどりのケーキの写真。更にスクロールすると、『期間限定・チョコケーキ食べ比べ』と書いてある。

　シフォン、スフレ、ムース、タルト、プリン、ガトーショコラ、フォンダンショコラ、クラッシックショコラ。チョコレートフォンデュ。写真を見ているだけで、涎が出てくる。

　う、旨そう……

　注文してからその場で作るクレープとミニパフェもあった。

【オーダーシートにアイスとトッピングを記入、自分だけのオリジナルを注文、お席にお届け】と書いてあり、更に読み進めると——

　トッピングには果物、フルーツソース、チョコ、カスタード、キャラメルソース、抹茶、黒蜜、きな粉。色々書いてある。

　実はケーキバイキングには一度も行った事がない。母さんは無類の甘い物好きだが、父さんは和菓子のみ、ナオ兄とソナ兄は全然興味がないし。

「楽しそう！」

　思わず本音が漏れてしまった。

「じゃあ、次の金曜日にね。いつもと同じ時間で平気？」

「うん」

　零士はスマホに予定を打ち込んでいる。

　餌に釣られて、デートの約束をしてしまった。賭けは俺の負けだから、行くしかないが……

　真夜中、二人でホットケーキを食べた。

イチゴと生クリームはとても甘くて、さっきまでの怒りはどこか
へ行ってしまった。

　食べ終わった後、片付けて洗い物をしようとしたら、「俺がやる
からいいよ」と断られた。
　一応、食べさせてもらったし。
「俺が洗う」
「ありがとう。それなら一緒にやろう」
　零士も譲らず、なぜか二人で皿を洗う事に。

「終電ないし、泊まってくだろ」
　新品の歯ブラシを手渡されて受け取る。
「電車じゃない。バス」
「もしかして家も近い？」
　歩けない距離じゃないけれど、定期もあるし家族も心配するから、
夜はなるべくバスを使うようにしている。
「遠くはない」
　曖昧に返すと、それ以上は詮索されなかった。
　売れっ子芸能人と二人で歯磨きをする。シュールな状況に思わず
突っ込みたくなるが、黙ったまま済ませて寝室に行った。
「電気消すよ。お休み」
「……うん」
　変な感じだな。家族以外に『お休み』を言われるのは。
　考えた方が良さそうな事は山程。でも、あっという間に瞼が重く
なる。

＊　　＊　　＊

今回は起きたらメモが残してあった。
【次の金曜日、駅の北口の時計台の所で】
　駅はバイト先のすぐ近く。
　鞄にしまって、マンションを出た。

待ち合わせ

　今日は駅で待ち合わせ。

　楽しみ過ぎて、早く着いてしまった。いや。別にデートが楽しみなのではなく、ケーキを食べたいだけ。

　自分に言い訳をしつつ、ベンチを見つけ座る。

「一人？」

「いいえ。待ち合わせをしていて」

　時計台がある広場は人で溢れていた。

　……首輪のせいでαが寄ってきてウザい。せっかく楽しい気分だったのに。

　断っても次から次へαが蟻のように湧いてくる。

「そんな首輪見せて……ナンパ待ちでしょ？」

　待ってねぇよ。自衛だっつーの！

　断っているのに、αに腕を掴まれた。

「とりあえず飯、行こうよ」

　腕を引っ張られ、顔をしかめる。

　周りも遠巻きに見るだけで、誰も助けてはくれない。

　不意に、後ろから肩を叩かれ振り向いた。

　そこにはやたら背の高い男がいた。おまけに金髪。派手なサングラス。腕から覗くタトゥー。手首には攻撃的なブレスレット。指にはゴツい指輪。しかも、なぜか怒っている。

「触るな。手を離せ」

　男がナンパαの手を払った。

　ぶつかり合うα同士の激しいオーラに緊張が走る。

　……ヤバいな。揉め事とか勘弁してくれ。

「ナンパなら他所でやれ。俺のイロに手、出すなら刺される覚悟で来な。二度と夜道歩けねぇようにしてやる」

　乱暴な口調。今にも背中から日本刀とか出てきそうな、ただならぬ雰囲気。多分、本職の人。助けてもらったが、この人、怖過ぎ……

　急に肩を組まれて困っていると、αは諦めて帰って行った。

「……」

「……」

　男はそのまま動かない。

「ありがとうございました。俺、待ち合わせをしていて、あの。手を……」

　恐る恐る礼を伝え、申し出る。

　カチャ。男はサングラスを少し下に下げた。

「俺だよ、俺。ほら、ピアス。早いな、レキ。まだ十分前だぞ」

　……え!?

　見せてきたピアスは、いつも零士が付けている青いやつ。青のカラコンが入っているけれど……

　助けてきたヤクザ風の男は零士だった。

「こ、声が違った……!　喋り方も!」

「役者なら皆、変えられるんじゃないの?」

「知るかよ!　ビックリした」

　本気で驚いた。詐欺のレベル。こんなに雰囲気が変わるのか。

「きょ、今日はダサいフリーターじゃないんだな」

「デートだしね。スタイリストがプロのミュージシャンを目指してるフリーター風にしてくれた」

　ドヤ顔の零士に気が緩み、笑ってしまう。

「……フリーターから離れろよ。なんかヤクザっぽかったぞ。プライベートにスタイリストとか使っていいのか」

「ナンパを蹴散らすなら、ヤクザっぽいのは有効だろ？　俺、若頭も演った事があるんだ。デートって言ったら皆が面白がって……分かんなかった？　うちのスタイリストチームは凄いんだよ」
　……本当に芸能人なんだ。
「タトゥー、彫ったの？」
　前回までは腕になかったし、気になって聞いてみる。
「これ？　絵だよ。特殊メイク」
「メイク!?」
「専用のオイルがないと落とせない」
　腕を掴んで、まじまじとタトゥーを見る。
　絵には見えない……
「くすぐったいから、やめて」
　零士の言葉に顔を上げる。
「え……マジで？　零士、くすぐったいの苦手なの？」
　こんなところに弱点が？　ちょっと嫌そうな顔に口元が緩む。
「苦手なんだ！　へぇ。ふーん。じゃ、これは？」
　あちこちをベタベタ触ってやった。
「……楽しそうだな。レキ」
　零士は少し困っている。

　通行人の視線を感じ、ハッとする。
　掴んでいた腕を離した。
「もう、お終い？」
　くすくすと笑う零士。
　そういえば前に腕、触った時は何も言っていなかった。
　──まさか。
「くすぐったいの、苦手なのは演技か？」
「よく分かったね。全然平気」

呆れた。なんで、そんな無意味な事を。
「お前なぁ……」
「怒るなよ。触られて嬉しかったから」
　それはどういう反応をすればいいんだ。
「じゃあ、ケーキ食べに行こう」
　何事もなかったかのように零士は歩き出した。

　改めて見ると零士、スタイル良いな。
　シンプルなＴシャツとジーンズなのに……
　すれ違う人が皆、振り向く。
「あの人、格好良いね」
「素敵……」
「隣の子が羨ましい」
　羨望の眼差しが集まる。
　さっきまで、ヤクザっぽくて周りからも一歩引かれていたのに。
「……目立ってるぞ」
　正体がバレやしないか、心配でこそこそと話す。
「大丈夫」
　当の本人は全然気にしていないのか、人混みの中を颯爽と歩く。

　零士はすぐ側のパーキングに入って行った。
「わざわざ駐車場に車、入れちゃったのか。言ってくれれば、こっちまで来たのに」
　少し申し訳なくて言うと、零士は笑顔を返した。
「待ち合わせしてみたかったんだ。乗って」
　乗り込んだ車はＢＮＷ。車は詳しくないけれど、ＢＮＷも高級車だよな。しかもスポーツカーっぽい仕様。

零士はサングラスを外し、エンジンを掛けた。
「フェラールじゃないんだ……」
　ネットに書かれていた愛車を思い出し、言ってみた。
「流石に街中だと目立つからな。あれは芸能人として、受賞式とか
パーティに出席する時とかだけ」
「そうなんだ……」
「こっちは普段使い。ＣＭ出たら貰ったんだ」
「マジで!?　車を!?」
「うん」
「芸能人って凄いんだな」
　本気で驚いてしまう。

　穏やかで心地良い運転。信号待ちで止まる時もスムーズ。運転っ
て性格出る気がする。
「レキ」
「何……」
「ケーキ楽しみだな」
　零士が目を細める。
　その時、見たのはドラマの爽やかな笑顔でも、意地悪な笑いでも
なくて……
　……なんだか優しい表情だった。

ケーキバイキング

　金髪の零士は見慣れない。デートなんてした事もないし、気持ちが落ち着かなくなる。

　店の前に並んでいるのは女の人ばかり。カップルは何組かいるけれど、男二人で来ているのは誰もいなかった。

　……悪目立ちしそうな予感。でもこの際、気にせず楽しむぞ！

　零士は列を通り過ぎて、受付に向かった。

「予約をしていたんですが、早くても入れますか？」

「はい。お名前を伺っても宜しいでしょうか」

　スーツを着た上品そうな店員が調べている。

　予約までしてくれていたのか……

　席は個室だった。真っ白なテーブルクロスに華やかで綺麗な花が飾ってある。

　簡単な説明を受け、いざバイキングへ。

「チョコレートフォンデュ！」

　思わず口に出してしまった。

　ネットで見た写真より大きい。しかも普通のチョコ以外にイチゴチョコやホワイトチョコもある。フルーツやクッキー、マシュマロが用意されていて、三種類のチョコが滝みたいに流れていた。

「はい」

　チョコを付けたイチゴを、零士が口元に寄せてきた。

　……何させる気だ。『アーン』なんてするかよ！　大体、席で食べるのがマナーだろ。

　目の前には真っ赤に熟れたイチゴにツヤツヤ光るチョコレート。

　旨そう……

138

抗えず口を開いた。
　甘酸っぱいイチゴと甘いチョコの美味しさが口に広がる。
　……あまりに旨そうで食べてしまった。
「美味しい？」
「イチゴが甘い」
「あっちはケーキコーナーだって」
　零士が指差す。

　気を取り直して咳払い。皿を手に取り、二人でケーキコーナーに
向かった。
　ショートケーキだけで何種類あるのだろう。イチゴ、もも、オレ
ンジ、メロン、ブルーベリー。何ここ、天国……？
　ミルクレープ、モンブラン、サバラン、紅茶のシフォンケーキ、
フルーツタルト、アップルパイ。一つ一つは小さめで、たくさんの
種類を食べられそう。
　皿に気に入った物を次々乗せた。
　彩りのカップデザートは芸術品。焼きプリンにチョコプリン、マ
ンゴープリン。ゼリーも圧巻。七色もある。フルーツやソーダ。色
が綺麗で鮮やか。どれも生クリームやミントの葉、チョコレートで
飾り付けされていて食べるのが勿体ない位。
　チーズケーキ、チョコケーキも山程あった。
　あっちは気になっていたクレープコーナー。本当に一枚ずつ焼い
ている……
「……って、零士、取り過ぎじゃね？」
　零士の皿にはすでにケーキが山盛りだった。
「食べたいの、いっぱいで……」
「食べきれんの？」
　バイト先でもこんな量、食べる奴、いないぞ。

「これ位、余裕。全制覇したい」
「……言ったな」
　零士も相当のレベル。バイキングって、テンション上がる！
「席で食べながら、クレープとか頼もうよ」
　零士に言われて席に戻った。浮かれながらテーブルに皿を置くと、零士が隣に座ってきた。
「おい。なんで隣に座ってくるんだよ。普通、向かい合わせだろ」
「でもデートだし……シェアするのにも丁度いいだろ。ほら、これ食べてみて」
　差し出されたのはニューヨークチーズケーキ。皿に乗らなくて、断念したやつ。
　……俺が好きだって言ったの、覚えていたのか。
　口に入れると、チーズの濃厚な味が広がった。
「旨過ぎる」
　こんなに旨いのをお代わりしてもいいなんて……！
「俺はそっちのフォンダンショコラが一口欲しい」
「……どうぞ」
　丸め込まれた感が半端ないけれど、仕方なく皿を差し出す。
「『アーン』してくれないの？」
　無駄にキラキラと笑顔を振り撒く男を一瞥。
「するか！　自分で食え！」
「はは……いただきます」
　零士は美味しそうにフォンダンショコラを食べている。
　食べ方、綺麗だな……
　俺の視線に気付き、零士が顔を上げた。
「な、なんだよ……」
　慌てて目を逸らし、フォンダンショコラを一気に食べる。
　今日の零士は金髪だし青い目だし見慣れないから、そわそわして

しまう。
「付いてるよ」
　手が口端に触れる。零士は指に付いたクリームを意味ありげにペロリと舐めた。
　なんで口で言わず舐めるんだ。言葉で教えてくれればいいじゃん。大体、気軽に触る必要ないだろ。本当に恥ずかしい奴め。
　零士の阿呆な行動のせいで頬が熱い。また赤くなっているって、からかわれる。
　意識しているなんて思われたくないし、何も言わず黙々と食べた。
　……っていうか、なんで俺がこんなに慌てないといけないんだ。
　無性に腹が立ち睨んでやったのに、零士は楽しそう。
「そんな可愛い顔して誘ってんの？」
「はぁ!?　お前……目、付いてんのか!?」
　言い合っていると、ドアのノック音が聞こえた。

「はい」
　返事をすると、店員が入ってきた。
「失礼致します。お待たせ致しました」
　トレイには注文したクレープとパフェが乗っている。
「ラズベリーとバニラアイスのクレープをご注文のお客様……こちらはチョコバナナクッキーアンドクリームクレープでございます。キャラメルクランチパフェとブルーベリーチーズケーキパフェでございます」
　目の前に、焼き立てのクレープと美しく盛り付けられたパフェが置かれた。
　店員は一礼して個室を出て行った。

「わー！　旨そう。溶ける前にクレープから食べよ」

「くっくっく……」

　零士は笑いを堪えている。

「……なんだよ」

「別に。ふ、ははっ」

　なんて言いながら肩を揺らす零士は放って置いて、クレープを口に運んだ。

　香ばしく焼いてある生地はパリパリ。少し溶けたクリームも絶妙。

　クソー。甘い物が目の前にあると怒りが持続しない。

　　　　　　＊　　　＊　　　＊

「もう食べられない！」

　苦しくなった腹を擦り、時計を見るとそろそろ二時間が経つ。結構ガッツリ食べてしまった。

「零士は何が一番だった？」

「レモンのレアチーズケーキとイチゴムース。甘酸っぱくて美味しかった」

「何回もお代わりしてたもんな。俺はガトーショコラと桃のショート、フルーツタルト。流石にもたれてる……」

　一日でこんなにたくさんの甘い物を食べたのは初めて。幸せな気分で空になった皿を見つめる。

「しばらくは甘い物、食べなくて平気？」

「それとこれとは話が別」

「レキは病気だな」

「ほとんど全制覇した奴には言われたくない」

　バイト先には甘い物好きの人が多いが、比べても、零士はかなりの重症だ。

「そろそろ出ようか」

「うん」
　カバンを取り零士の方を向く。
「零士」
「何？」
　きっと一人じゃ来られなかったと思う。
　好きな物を共有するのは思った以上に楽しかった……
「ありがとう」
　ぼそりと礼を伝える。
『楽しかったね』そう返ってくると思っていたのに、予想に反して
零士は黙ったままだった。
　らしくない事を言ってしまい、急激に恥ずかしさが押し寄せる。
「なんか言えよ」
　そう言うと——
　突然、抱きしめられた。驚いて鞄を落としてしまう。
「……な」
　なんでハグ……？
「は、離せよ！　急になんだ！」
「『どういたしまして』のハグ？」
　零士は困った顔で笑った。
　なんだ。それ！　しかも、なんで疑問形？
「口で言え!!」
「レキ。お前、温かいな……」
　頭を撫でられ、呆れる。
　会話になんねぇ！
「零士！　聞いてんのか!?」
「聞いてる聞いてる」
　零士は適当に答えながら俺の髪を弄んでいる。
　絶対聞いていない。

「とりあえず離せ」
「なんで？」
　なんでだと？　ヤッてもいないのに抱きしめるとか気まずいだろ。
「離せぇ！」
　ジタバタ暴れると、ようやく離された。
「お前は本当に猫みたいだな」
　笑いながら、零士は落ちた鞄を拾った。それを受け取り、肩から掛ける。
　……最近、零士はよく笑う。

　しかも、いつの間にか会計は済まされていた。
「俺が払うよ。賭けは俺の負けだし」
　今までも、ずっと奢られっぱなし。今回は、事前に調べ準備した金を出す。
「大丈夫」
「でも……」
「じゃあ、またケーキ一緒に行こう。それでチャラ。一人でケーキ屋入ると悪目立ちするし、また付き合ってよ」
　男二人だって十分に目立ってただろ。
「それなら、せめて自分の分だけでも……」
「それはデートっぽくない。気持ちだけでいいよ。いらない」
　きっぱりと言い、歩き出してしまった。
　この口調。絶対に受け取らなさそうだ。
「……ご馳走さまでした」
　仕方なく折れる事にした。

　店を出ると零士はエレベーターの上のボタンを押している。
「出口は下じゃ──」

「上に部屋を取っているんだ。ゲーセンはまた今度でいいだろ」
　俺の言葉を遮り、零士が肩を抱いてきた。
『なんで』言おうとした俺の口を親指で塞ぐ。
　その瞬間、目が合う。
　──いつもと違う青い目。

「抱かせて……」
　耳元で零士が囁く。ケーキの甘ったるい匂いの中、微かに煙草の
香りがした。
　……俺達はセフレ。お互いになんの感情も持っていないのに。

　気まずくて腕からすり抜けた。
「一応、家に連絡入れとかないと」
　鞄を漁り、違和感に気付く。
「スマホがない。忘れたのかも……」
　何度、中を探しても見当たらない。
「店？」
　心配そうに零士が聞いてきた。
「うん。俺、取ってくる」
　店の方に向かおうとすると腕を掴まれた。
「俺が行ってくるよ。ついでに煙草、買いたいし」
　そう言ってカードキーを渡された。
「自分で……」
「部屋で待ってて。37階。3707号室」
　あっという間に零士は行ってしまった。

　……ここで待っているか。
　着いたエレベーターを見送り、椅子に腰掛けた。

【3.Relation】

暴露

　座って待っていると、すれ違った人が傘を持っていた。
　いつの間にか降り出した雨が窓を濡らしている。
　そういえば零士と初めて会った日も雨だったっけ……

　舐めるような視線を感じ、悪寒がし振り向いた。
　そいつを見て一気に嫌な気分になる。
「偶然だな。レキ」
　そこにいたのは、昔、俺をレイプし続けた同じクラスのαだった。
　最中は乱暴だし独占欲も強くて、性格も最悪。気が短いし、嫉妬すると殴る面倒な奴。思いやりの欠片もないし、セックスは断トツで下手だった。
「こんな所で会えるなんて運命じゃん」
　ニヤつく男に目線を合わせる。
　は!?　寝ぼけてんのか？
「一人？」
　αに理由を話したって無意味だ。
「いや。連れがいる。だから悪いけど……」
　できるだけ慎重に断った。
「一緒に来いよ。久し振りに抱いてやる」
　正直なところ、ぶん殴ってやりたい。
　……なんだ。その上から目線。連れがいるって言ってんだろ。誰がお前なんかに。
　でも、なるべく穏便に済ませたい。こいつの事だ。零士に会った

146

ら、ある事ない事を言いそうだし……
「悪いけど予定があって行けない」
　目一杯、申し訳なさそうな顔で謝って見せる。
「はぁ？　何、断ってんだよ。Ωのくせに！」
　不機嫌な声。乱暴に腕を掴まれ、ゾッとした。
　……俺に触るな。
　手が触れただけで、思い出してしまう。
　──劣等感しかなかった過去。嫌がっても抵抗しても、受け入れ
るしかなかったあの頃。
　息が苦しくなり、胸を押さえる。
　逃げ出したいのに体が動かない。蛇に睨まれた蛙のように、ただ
情けなく固まっているだけ。
「なぁ。いいだろ？　可愛がってやるから来いって」
　性的に見られ、余計に気分が悪くなってきた。
　──絶対に嫌だ。もう二度とお前みたいなαとは寝るもんか。昔
の俺と今の俺は違うんだ。
　拒否したいのに、上手い言葉が出ず、冷や汗だけが流れた。

「レキ」
　呼び掛けられ、ギクリとする。
「部屋で待ってて良かったのに。あったよ、スマホ」
　零士が戻ってきてしまった。こんな時に……
「ナンパ？　相変わらずモテるな」
　零士は男に気が付いた。スマホを渡され、黙って受け取る。
　なんて言ったらいい……？
　この場を切り抜けられるような台詞は何一つ思い浮かばない。
「ハッ……なんだよ。彼氏？　ちゃっかりα捕まえてんのか」
　明らかに機嫌が悪くなる男。面倒な予感しかしない。

……彼氏じゃなくて、セフレだけど。
「元彼？」
　少し考えてから零士が聞いてきた。
「違う」
　誰がこんな奴……！
　男は俺達の会話を聞いて笑い出した。

「元彼？　Ωなんて相手にするわけないだろ？　こいつ、色んな男
に輪姦されてたんだぜ。ただの性欲処理で寝てやっただけ。金髪の
お兄さんはまだ寝てねぇの？　こいつ、マグロだし痛がってばっか
りでつまんねぇよ？　全然声も出さないし多分、不感症なんだよ。
寝るだけ無駄」
　ヘラヘラしながら馬鹿にするように男が言う。
　……本当に最低。何も零士の前で言わなくてもいいのに。
　こんな話を聞いたら、流石の零士だって……

『αは独占欲が強い』
『αは人のものには興味がない』
『αは他の男と交わったΩを許さない』
『αは自分以外と関係を持ったΩを切り捨てる』
　それが過去の事だとしても……

　まぁ、普通に嫌だよな。複数の奴にレイプされ続けたΩなんて。
『汚れた体』。こんな形でバレるなんて。
　αはΩを支配したい。その欲は半端なく、元が穏やかな性格だと
かは全く関係ない。
　過度の執着、独占欲からの暴力を思い出す。
『αは不貞を許さない』

148

残念だけれど例外はない。散々振り回されてきたんだ。αの性質は嫌って程、知っている。

　ケーキバイキング、楽しかったのにな……
　できれば零士に知られたくなかった。

　……今日が多分、最後だろう。

過去

こんな日はいつも雨。

音は聞こえなかったけれど、外は豪雨だった。

零士もきっと変わらない。αがあんな話を聞いたら。俺の過去を知れば、間違いなく——

「お前、クズだな」

吐き捨てるように言った後、零士は男と向き合い、溜息をついた。

「は？」

男は目が点になっている。

「『どうしようもないクズ』って言ったんだ。しかも低レベル。相手にされなかったからって、ガタガタ言ってんなよ。過去の事まで引っ張りだして器の小さい奴だな。そんな事を言って何がしたいわけ？　頭悪過ぎて引くんだけど」

突然の非難に、動揺を隠せない。

淡々と並べられた言葉。怒っている口調。そんな顔、初めて見る。

まさか同じαの方じゃなくて、俺の味方になってくれるなんて……

「な、なんだと!?」

男は罵られた事に驚いていた。

「お前、下手だから知らないんだろ。してる時のレキは可愛いよ。αのくせに下手とか笑える」

「な……」

……な……何を突然。

零士は今まで性についてなんだかんだ言った事はない。『αのくせに』相手の神経を逆なでするよう、わざと選んだ言葉。

可愛いと言われても別に嬉しくないが、俺は自分を否定されなかった事にほっとしていた。
「可哀想な奴。下手くそだから相手にもしてもらえなかったんだよ。レキ、痛がった事なんか一度もないけど？　どこがマグロ？　お前、相当、下手なんだな」
「お、おい。零士」
『下手』って何回言ってんだよ。
　プライドが高いαは、こんなボロクソに言われた事はないんだろう。怒涛の叱責に男は唖然としている。
「一度でも聞いた事ある？　レキの感じてる時の声……ないだろうな。不感症？　勘違いに気付けよ。ただ単にお前が下手くそなだけ」
　零士の連続攻撃に流石に焦る。
　男は怒り、ワナワナと体を震わせていた。
　これ以上はマズい。こいつは手が早いから……昔、よく殴られたし。芸能人のくせに揉めたりしたら……
　一歩前に出ようとしたら、零士の腕で遮られた。

「俺はこんな極上のΩには初めて会った。聞いた事ない？　『大事にされたΩは凄く感じやすくなる』。レキは触れるだけで赤くなるし、感じると甘い香りがする」
　頬を撫でられ、零士を見つめ返す。
　あいつを黙らせる為とはいえ、なんつー恥ずかしい台詞を。
「……やめろよ。零士」
「照れてるの。本当にお前は可愛いね」
　額にされた軽いキス。お前は王子か何かか？
　零士はなんだか変なスイッチが入っている。
「まともなαなら誰でも知ってる。『大事にしてるΩは可愛い』『Ω

の前じゃ、αは主導権も握れない』『Ωの潤んでる目を見たら負け』。レキの蕩けそうな顔を見たり涙目で見られたら、抑制剤飲んでいても理性を保てない。あんなに可愛いところを見られるなら、俺は別に負けても構わないけどね」

　α用の抑制剤を飲んでいたのか。道理で……

　理性を保てない？　あんなにいつも余裕で飄々としているのに。

　少し驚いていたら、零士に肩を抱かれた。

「レキの魅力を引き出せなかったくせに低俗な考え方とダサい遠吠え。同じαとして呆れるよ。格好悪い事ばっかり言うのはやめたら？」

　畳み掛けるように零士が続ける。

　よくまぁ、こんなにポンポンと相手を怒らせる言葉が次から次に出てくるな。

「いい加減にしろ……」

　男は般若のような顔をしていた。

「どうせ身勝手なセックスしかできなかったんだろ。お前みたいな馬鹿が多いからΩが暮らしにくくなるんだ。お前はクズだ。悪びれもなく人の過去をバラしたりして胸くそ悪い」

　蔑む言葉と冷ややかな目。

　零士は男に吐き捨てるように言った後、振り向いた。

「行こう、レキ。何も気にしなくていい。……大丈夫。お前は綺麗だよ。あんな奴の言葉に傷つく必要なんてないんだ。相手にするだけ時間の無駄」

　優しい声……

　正にその通りだが、庇ってくれるとは思ってもいなかった。

「……何、夢見てんだよ。綺麗なわけあるか！　レキはなぁ！　レイプされて、数え切れない程の男と関係を持った汚い奴なんだ！」

　男が怒鳴る。

152

汚い――そんな事、自分が一番分かっている。

　零士が相手の胸ぐらを掴んで、持ち上げた。
　――男の足が浮いている。
　目の前の異様な光景に理解が遅れた。
「……は……ぇ……ちょっ……！」
　男は自分の現状が理解できず、パニックになっていた。見る見る
うちに顔が青ざめていく。
　信じられない！　物凄い腕力だ。
　こいつだって180cmはある同じα同士なのに……！
「テメェ。人が優しく言ってるうちにやめとけよ」
　夕方のヤクザ風とは比べ物にならない位、恐ろしい声。今にも人
を殺りそうな……
「零士！　もういい!!」
　慌てて零士の腕を掴む。

「……お前には分かんないんだな。乗り越えるのがどんなに苦しく
て大変か。恨んでも恨みきれなくて、ぶつける事もできない思いを
流すのにどれ程、時間が掛かるか」
　それは俺の気持ちを代弁するかのような言葉だった。
「お前ごときに否定されたくない。……素直で明るくて優しい、い
い子だよ。お前が知った風に言うな!!」
　珍しく声を荒げる零士。

　その男を黙らせる為に言っただけかもしれない。けれど、その言
葉に目頭が熱くなる。
　……誰にも相談できなかったし、一言も言えなかった。
　繰り返されたレイプ。終わりがないように感じていたあの頃。助

けもなく孤独で、ただ苦しかった。

　俺自身も『自分は汚い』そう思っていたんだ。大嫌いだったαが
それを否定するなんて……

「零士。早く行こう」

　気を抜いたら泣いてしまいそうで、唇を噛んだ。

　零士がパッと手を離すと、男はその場に崩れ落ちた。

「お前、国会議員の息子だろ」

「え……」

　明らかに男の顔色が悪くなるのを見て、零士は続けた。

「マスコミに高く売れると思うよ。『激白！　国会議員の一人息子
の闇』。不祥事でネットは大炎上。俺、マスコミに山程、知り合い
いるんだ。面白可笑しく書いてもらうよ」

　おいおい。なんか悪者っぽいぞ。

「脅すつもりか……？」

　しかし男は怯む様子も見せない。

「録音もしておいて良かった。テレビでも特集して貰える」

　零士はスティック型のレコーダーを見せてから、ボタンを押した。
すると先程の男の声が聞こえてくる。

　いつの間に……!?

　ほんの一瞬、焦りの表情を見せたものの、男は態度を改めようと
はしなかった。

「一般人のくせに何、イキッてんの？　そんなの簡単に握り潰せる
し。俺とお前の格差を見せてやる。スクープは金を積めば、いくら
でも情報を操作できんだぞ。この卑怯者！」

　男は血走った目で睨んでくる。

「卑怯……？　どの口が言ってんだ。法律で裁けなかったとしても、
ネットとマスコミの力で、必ずお前の人生を滅茶苦茶にする。偉そ

うにほざいてるお前は何様だ？　紛れもない社会のゴミだろ。一生、日陰で暮らせ。連日、マスコミに追われて、外出もできない位、追い詰めてやる」

　零士の言葉が冷たく響いた。

　……なんていうか、零士の方が危ない奴に見えてきたんだが。

「ナイト気取りかよ。調子に乗ってると痛い目、見るぜ？　こっちにも脅しの材料がある。レキとヤってる最中の写真。お前が阿呆な事すりゃ俺も世間に晒してやる」

　そんな写真、撮られた覚えは無い。

　ハッタリか、もしくは隠し撮り……？

　焦りつつ考えていると、零士が動いた。

　眼鏡を外し、男の顎に触れ、目を見つめた。

「人を陥れる物は跡形もなく全て処分しろ。今までの自分の行ないを反省し、二度とΩを否定するような馬鹿な言動はやめるんだ。これからは人を大事にする思いやりを持った人間になれ。特にΩは大切に扱うように誓え」

　窓の外が雷鳴で光る。

「……はい。誓います。二度と馬鹿な事はしません」

　男の眼の色が変わった。

　なんだ……!?

　突然の態度の変化に戸惑う。

『目を見たり触れると、相手は自分の言う事を聞き、自我がなくなってしまう』

　正体を見破った日の言葉を思い出す。

　男はまるで別人のように俺に謝罪をし、その場から去って行った。

　前に話は聞いていたけれど、目の前で見ると驚く。

気分転換

　男がいなくなった後も呆然としていた。
「稀にしばらくすると効果が薄れるタイプもいるんだ。あいつはお前の大学や家、バイト先は知ってる？　それによっては対策を練らないと……」
　今度は打って変わって心配そうな顔。
　さっきの話を聞いても、ここまで態度を変えないなんて。普通なら俺に対して嫌悪感を感じるはず……
「いや。ただの元クラスメートってだけだし、その後、すぐに引越したから。今日も本当に偶然で」
　混乱しながら答える。
「念の為、学校の名前を教えて」
　そっと手を握られた。奴の『汚い』という言葉を打ち消すように優しく。
「……何するつもりだよ」
「効果が持続してなかったら、ちょっと人生の厳しさを教えてやろうと思って」
「……」
「大丈夫。任せて。そういうの、得意だから」
　芸能界という荒波の中で何度か修羅場をくぐったのかもしれない。
　写真の件が心配だった事もあり、学校の名前を教えた。

「……レキ。やっぱりデートしないか？　スポーツもできるゲーセンがあるんだ」
　本格的にこいつが分からない。
　αのくせに、Ωと寝るのを後回し？

「そういう気分じゃなければ、海とかドライブはどう？」

　しかも気まで遣ってくれている。

　正直、今はヤる気分ではない。でも『セフレ』を言い出したのは自分。俺の都合でしかないから、どうこう言うつもりはなかった。

「ゲーセンって、もしかしたらスポッチュ？」

「うん。レキ、行った事ある？」

　そこはゲームとスポーツができる複合施設。一回行ってみたかった場所だった。

「いや。楽しそうだけど遠いし……」

「じゃあ、そこに行こうか」

「……零士、明日も仕事だろ？」

「明日は少し朝ゆっくりなんだ。平気だよ。たまには遊ぼう」

　今まで親密になり過ぎないように気を付けていたから、夜遊びはあまりした事がない。

「それなら行きたい」

「また勝負する？」

「ゲームとスポーツなら負けねぇぞ」

　零士はエレベーターのボタンを押し直した。

　気分転換の為とはいえ。零士って本当は良い奴なのかも……

　いや。今までの事を思い出せ。まだ気を許すのは早い……

　外はすっかり暗くなっていた。土砂降りの中、忙しなく動くワイパーをぼんやり見る。

　信号で止まると、色とりどりの傘が交差点を通り過ぎた。

　楽しそうに横切る人を見送る。

　──雨なのに、こんな気分は初めてだ。

　流れるテールランプを見つめながら、口を開いた。

「いつもレコーダーなんて持ってるのかよ」

「芸能人やってると、マスコミとかストーカーとか色々あるんだ」

　いつもの如く、なんて事のないように零士が答える。

「……俺のは録ってないだろうな？」

「いつ？」

「ヤってる時……」

　零士はしばらく俺の質問に答えなかった。言いにくそうな顔をして、はにかまれる。

「そういうプレイが好きなの？　仕方ないな。いいよ。レキが望むなら──」

「違うっつーの!!　何、ちょっと喜んでんだ！」

「はは……」

　なんだろう。凄く心が軽くなった気分だった。

「お前、あんな事してバレたらどうするんだ。天下の零士様が暴力沙汰とか、ワイドショーのトップになるぞ」

「大丈夫。事務所が揉み消してくれるから」

「怖ぇーよ！」

　揉み消すとか、どれだけ力があるんだ。

「くくっ。怖くないって。普段は皆、穏やかだけど、そういう時は一致団結、物凄い連携プレーを見せてくれる。一応、稼ぎ頭だから事務所には大事にされてるんだ。心配いらない」

「無視して良かったのに」

「我慢できなかった。あぁいう奴、嫌いだし」

　嫌いとかで、あんな言葉が出るもんなんだろうか。

　到底αらしくない……

「……怒ってんの、初めて見た」

「あれは普通、誰でも怒る」

　自分の事みたいに怒ってくれて、ちょっと感動した。

庇ってくれてありがとう。
『汚くない。綺麗だ』そう言われてほっとした……
　でも、なんとなく言葉が出ない。

「ごめんな、レキ。俺が余計な事をしなければ。やっぱりスマホ、一緒に取りにいけば良かった」
「別に。本当の事だし……」
　思わず声が小さくなり、下を向く。
「……お前は綺麗だよ」
　繰り返される言葉にむず痒くなる。
「やめろよ。恥ずかしい奴だな！」
「照れるなって」
「照れてない!!」
「く、くく……じゃあ、なんで顔赤いの？」
「この野郎。ゲーセンで叩きのめしてやる」
「ふ……ハハッ」
「……いつまで笑ってんだよ」
　さっきまでの嫌な気分が嘘みたいだ。人に受け入れてもらう……って、こんなに心が楽になるのか。理人に犯された日から、上辺ばかりで親しい友人を作らないようにしていたから……

　街角のビルにある零士のポスターが目に入った。
　ほんの数分の間にありとあらゆる場所に零士がいる。
　たくさんの人を魅了するトップスターが俺とゲーセンに行く。
　……本当に変な奴。

「俺が勝ったら、してる時の声、録音させて？」
　零士がとんでもない事を抜かしてきた。

ドン引きである。

「は、はぁ!?　させるわけねぇだろ！」

「ふーん。自信ないんだ」

「……なんだと？」

「自信あるなら勝負しろよ」

「お前、ゲーセンとか行かないだろ」

「うん。初めて」

「じゃあ、俺が負けるわけねぇだろ!!」

「ゲームは分かんないけど、スポーツは得意」

「……後悔させてやる」

「そう来なくちゃ」

　言い合っているうちに、車は目的地に着いた。

夜遊び

「お時間はいかが致しますか？」
　料金表を見ると、一時間パック、三時間、フリータイムとある。
「フリータイムにする？」
　零士が聞いてきた。
　魅力的だけれど、零士はいつも朝早くて仕事大変だろうし。
「一時間にしたら？」
　遠慮してそう言った。
「それだと物足りなそう。せめて三時間にしようよ」
　時計を確認してから零士の言葉に頷く。

「すみません。ドリンクバーも付けてください」
　零士はクレジットカードを店員に渡した。
「ケーキバイキングも駐車場代も何も払ってないし、ここ位、俺が払うよ……」
　金を出しても零士は一向に受け取らない。
「大学生からは受け取れないってば。気にするんならさ。今度、エアーチーズケーキ作ってくれない？　料理でもいいよ。ほとんど毎日外食だから、たまには家庭料理が食べたい」
　エアーチーズケーキ……前に話していた簡単チーズケーキ。
　料理か。それなら少しは返せるかも？　料理するの、好きだし。
「駄目？　時間ある時でいいから」
「何が好きなの……？」
　一応、伺いを立ててみる。
「カレー。ハンバーグとか、オムライスとかグラタンも好き。後はチャーハン、野菜炒め、肉じゃが、おでんとか……難しい？」

どれだけ家庭料理に飢えてるんだ。それに結構な子ども味覚。おでんなんて大根切るだけじゃん。
「いや。それ位ならできる。本当にそんなんでいいの？」
「材料費はちゃんと出すよ」
「それじゃ意味ない」
「違う！　作ってくれる事に意味があるんだ」
　いつになく力説する零士。
　そんなに食べたいのか、家庭料理を。
「じゃあ、次ん時にな」
「カレーがいい」
「肉は？　何派？」
「なんでも。レキは何が好き？」
「俺は鶏肉のカレーが好きかな」
「いいね。鶏肉にして。手作りカレー、実家出てから初めて」
「何歳で出た？」
「18歳だったかな」
　零士の方を見ると嬉しそうに笑っている。テレビとかポスターでは見た事ない表情。笑うと少し幼くなる。
「金曜日まで待てない。他に暇な日ないの？」
　今度はやわらかい表情。そういう顔、今までしなかったのに。
「……水曜日はバイト休み」
「それなら次は水曜日にしよう。楽しみにしてるね。早ければ6時には終わるけど、仕事が延びるかもしれないから、これ」
　手渡されたのは、大きめのキーケース。中にはカードキーと鍵がジャラジャラ付いてる。
「俺の家の鍵。暗証番号は後で教える。指紋認証とかは切っておくから、中で待ってて」
　……合鍵？

「来たい時に来ていいよ。映画ならたくさんあるから好きに見ても
いいし、また泡風呂で遊んでてもいい。住民用のプールも入り放題。
スポーツジムも自由。スパは予約すれば貸切」
「マジか！」
　映画やスパ、プールに心が揺れつつ、我に返る。
　……なんで得体の知れない俺にこんなの渡すんだ。合鍵って恋人
とかにあげるもんじゃないの。
　俺はセフレで飯係。零士はフェロモンが効かないからと、気持ち
が楽なだけ……

　気を取り直し、荷物をロッカーに預けて、周りを見渡す。中はガ
ヤガヤ騒がしかった。
「ゲームからやろう」
「まずは？」
「リズムゲーム」
　自分の得意なポップルミュージックを指差す。
「やり方を教えて」
「画面の上から丸いのが下に降りてくるから、下の線にぶつかる時
に同じ色のボタンを押す。タイミングが合うと点数が高くなって連
続でピッタリだと加点あり。大体、ミスが多い方が負け」
「何回勝負？」
「一定のレベルを超えるとクリアして三回できる。でも一発勝負に
しよう！」
「ＯＫ」
「練習は？」
「いらないよ。ボタン押すだけじゃないの？」
　たかがゲームだと余裕な零士をこっそり笑う。

設定は一番難しいものを選び、難易度の高い曲を選ぶ。実はこの曲、一時期ハマって完コピ済み。

　容赦？　そんなものはしない。零士め、悔しがれ……

【Are you ready?】
　画面が切り替わり、大量の丸が降ってくる。
　パチパチパチパチ。隣から規則正しい音が聞こえ、ギョッとした。『Great』の文字が『Fever』に変わり、正確に刻まれる。とても初めてには思えないボタンさばきだ。
「零士！　お前、初めてとか嘘だろ！」
「嘘じゃないよ」
「じゃあ、なんでそんなに上手いんだ!?」
「だってボタン押すだけだろ」
　初めてでこんなに上手いのは詐欺だろ！
　点数は若干俺の方が高いけれど……
　時間が経つにつれて、零士のミスは減り、加点が増えていく。
　わー！　早く終わってくれ。

　結果は僅差（きんさ）で俺の勝ちだった。
　危なかった……
「残念、負けちゃった」
　そう言って笑う零士は全然、悔しくなさそう。

「次はアリオカートだ！」
　零士をレーシングカーのコーナーに連れて行った。
「これは知ってる」
「やった事は？」
「無い」

運転歴は関係ない。なぜならアイテムがあるから……！

　簡単に説明したら、すぐにレース開始。

　やっぱり運転も上手い。あっという間に零士は一位になっていた。αはやった事ないのに、ゲームも得意なのか。

　でもアリカは後ろにいた方がアイテムを使いやすいんだ。二位まで上がったら、アイテムを駆使して、零士の運転の邪魔をする。亀をぶつけて、スターをとって無敵になり、零士の車をふっ飛ばしてやった。

「あーはっはっ！　一位はもらった！」

　最終コーナーで順位が入れ替わる。

「やった！　俺の勝ち！」

　二連勝に喜んでいると、零士は笑いを堪えていた。

　……なんだよ。少しは悔しそうな顔をしろ。

　他にもゲームをいくつかした後、ダーツ、ボーリング、エアーホッケー、シューティング、色々やった。今のところ、5対5。

　初めてとは思えない位、零士は何をやっても上手い。勝ちもほとんど僅差。練習されたら多分負ける。

　……でも楽しい。ナオ兄もソナ兄もあまりゲームをしないから、こんな風に競い合うの、初めてかも。

「次はあれにしようぜ」

　怖そうなボックスに近付いた。

「何する場所？」

「ヘッドフォンをして、怖い話を聞いて声を上げるか、ビビッて動いた方が負け」

『恐怖の家』と書かれたカーテンを開ける。

「負けでいいからやりたくない」

　まさかの台詞に驚く。

「え？　もしかしたら怖いの？」
「うん」
　完璧男の苦手がこんな所にあったのか。
「なんだよ。ホラー苦手とか、子どもか！　そんなに怖くないって。
いいじゃん。入ろうよ」
「やだ」
　動かない零士の腕を掴む。嫌そうな零士を無理矢理引っ張り、中
へ入った。
「負けでいいのに……」
　ぶつぶつ文句を言う零士の隣に座り、スタートボタンに手を伸ば
す。押すと、中が真っ暗になった。

　急に零士が抱きついてきた。
「お、おい。何やってんだ。離せ」
「だって怖い」
「女子か。離せってば！」
「怖いの、苦手って言ってんのに無理矢理やらせるんだから、これ
位我慢しろ」
「うぐ……」
　なんだ。その考え方は！　ジタバタ暴れても零士は引かない。
「始まるよ。動いたら負けなんだろ？」
　そう言われ抵抗をやめた。
　俺はなぁ、ヤッてない時に抱きしめられんの、苦手なんだよ。

　ヘッドフォンからは怖い話。感じるのは零士の煙草の匂いと柔軟
剤か何かの爽やかな匂い。
　耳から聞こえる阿鼻叫喚。残虐な物語が進んでいく中、抱きし
められ、俺は身動きを取れずにいた。怖がる零士が見たくて、強引

166

にやらせたのは俺。……失敗した。無理矢理やんなきゃ良かった。

　ヘッドフォンをしているせいで、周りの音は聞こえない。まだ……？　まだなのか。早く終わってくれ！

　……あれ？　デジャブ？

　くすぐったいの苦手って言われて、触りまくっていたら結局、嘘だった。もしや、また騙された？

　その時、突然のガラスが割れるような大きな音がし、ビクッと反応してしまった。

「レキの負け」

　零士がにっこり笑う。

「……また騙したのか。しかも俺、負けてるし」

　悔しくて零士を睨み、体を離す。

「得意じゃないよ。レキを抱きしめてたら少し安心した」

　零士がしれっと言う。

「この野郎……」

「ほら。次、あれはどう？」

　それはボールを投げて敵をやっつけるゲームだった。

「クソー。面白そう。やる！」

　腑に落ちないけれど、俺の負け。

　ゲームの楽しさに勝てず、ついつい、はしゃいでしまう自分が呪わしい……

　ライフルを構え零士が引き金を引く。寸分の狂いなく、ド真ん中に穴が開く。

『Total score　500点』

『Ranking　1位』

画面に表示された数字を見て、開いた口が塞がらない。
「全部100点とか……お前、何者だよ。スナイパーか！」
　射的っぽいゲーム。的を狙い、点数を競う。俺も高得点だったにもかかわらず、五回連続で100点を出され負けが決定。しかし悔しいより驚きが勝ってしまった。
「前にドラマで刑事の役を演った事があって、アメリカの射撃場まで練習しに行った事があるんだ。本物を持たないと、演技が薄くなりそうで。実際の銃は重いけど、玩具みたいな音なんだよ」
　ドラマか。どうせ無駄にキラキラしてんだろう。刑事……ちょっとだけ見てみたいかも。
「……観光もした？」
「当時、スケジュールが詰まっていて、結局は射撃場だけだった」
　ドラマの役作りの為だけでアメリカまで行くとか。やっぱりプロ意識が高いんだな。
　アメリカって言えば――
　最近、烈さんと全然、連絡取ってないな。メールも電話もない。頑張っているのを邪魔したくなくて、あまり俺から連絡した事はなかった。……元気にしているんだろうか。

「レキ？」
　零士に声を掛けられて、ハッとする。
「……ごめん。なんでもない。そろそろ上の階に行こう。次はスポーツで勝負だ」

＊　　　＊　　　＊

　バスケ、野球とサッカーの的当て、バッティング、卓球にバドミントンをやった。

『スポーツは得意』その言葉を立証、零士は勝ちを増やしていく。しかもフォームが綺麗。何をやっても上手いし、様になる。

　Ω独特の弱い体にならないようにと、幼稚園入る前から親に入れられたスイミングスクール。ずっと続けていたから体力には自信があるし、運動も得意。

　αは汗をかく程一生懸命スポーツをしたりしないし、レベルが低いのとはやりたがらない。

　Ωもβもそこまでスポーツに秀でている人間は少なく、体育の授業とかでスポーツしても、どこか物足りなかった。

　誰かと本気でやるスポーツは面白い。余裕な顔して楽しんでいる零士が若干気に喰わないけれど。

　最後はテニス。時間も終わりに近づき、負けは確定しているが、一矢を報いたい。

　ラリーは信じられない程、続いた。

　どんなにギリギリの所に落としても、フェイントを入れても、スマッシュを決めても必ず返してくる。

「これでどうだ！」

「レキ、上手いね。テニス部だった？」

「いや。柔道部」

　ラインすれすれを狙ったのに、あっさり打ち返され、慌てて球を追い掛ける。

「柔道？　意外だな」

「空手とテコンドーもやってる」

「今度、手合わせする？　空手ならできるよ」

「……しない。いい加減、落とせよ！」

　長い長いラリー。ここまで来たら、せめて勝ちたい。

「なぁ。レキ」

「なんだよ……と！」
　必死に走り、打ち返す。
「一緒にスポーツって楽しいな」
　零士も同じ風に感じていたなんて。
「まぁまぁだな。あ！　零士、時間!!」
　零士は、俺の大声でボールを落とした。
「……今のはズルくないか？」
「あ、ははっ！　零士もこういうのには引っ掛かるんだ。わざとじ
ゃないよ。だけど俺の勝ち。でも急がないと……ついテニスに熱中
しちゃったな」
　急いで出口に向かう。

　結局、勝負に負けてしまった。
　録音……本当にするのか？　冗談だよな？　いや。零士は俺が嫌
がるところを見て喜ぶ奴なんだ。どんな言い訳したらやらなくて済
むか、考えておこう。

　帰り道はゲームやスポーツの話で盛り上がった。
「どれが一番楽しかった？」
「戦車ゲームとテニス。お前は？」
　運転しながら楽しそうに聞いてくる零士に答える。
「シューティングかな。あとホラー」
「……苦手って言ってたくせに」
「役得だったし」
「あ、あれはお前が勝手に！」
　抱きつかれた事を思い出し、慌てて前を見た。
「楽しかったね。また来よう」
　零士があまりに自然にそう話すから、思わず『うん』とか言いそ

うになってしまった。

　心地良い疲れ。車に揺られていると、睡魔に襲われる。
「レキ、調子悪い？」
「大丈夫。レポートが終わらなくて、あまり寝てなかっただけ」
「寝てていいよ」
「零士、運転してるのに……悪いから」
　人に運転させといて、グーグー寝るのとかないよな。
　ラジオから聞こえるのは少し懐かしいラブソング。零士の運転は
穏やかで、重くなる瞼を擦った。

　　　　　　　　＊　　　＊　　　＊

　次に気が付いたら、体がゆらゆら揺れている。目を開けると、そ
こは零士のマンションだった。
　……俺、寝ちゃった？　しかも姫抱っこ。
「降ろ……せ……」
「まだ寝てて」
　零士の腕の中は温かくて、抗えず目を閉じた。

不確かな関係

　物音で目が覚める。
　ロイヤルブルーのカーテンと布団。ふわふわの毛布。煙草の匂い。
　……零士ん家の寝室だ。
　しまった。ぐっすり寝ていた。なんとなく部屋に連れて来られた記憶がある。
　起こせばいいのに。重かっただろう。運転してくれているのに、寝て悪かったな。
　少し落ち込む。

「……零士？」
　問い掛けても返事はない。
　仕事？　さっきのは玄関のドアの音？
　昨日はホテルに戻らなかったのか。
　どうしよう、キャンセル料。零士の事だから良い部屋だったんじゃ。部屋、予約しているって言っていたのに。
　奴と鉢合わせない為？
　……俺が嫌な思いをしないように？
　絶倫のくせに、昨夜、起こさなかったのはなんでだよ。あいつに色々言われて、俺が傷ついていると思った？
　零士は優しさを押し付ける事もしない。

　昨日の言葉を思い出す。零士は俺の過去を否定しないでくれた。
　αが大嫌いだった。
　あいつはどこからどう見ても完璧なα。でも考え方が普通のαと違う。今までのαとは似ても似つかない。

172

Ωに対して偏見がない。

全くないわけじゃないだろうけれど、見せない。

零士の前だと、俺は自分がΩだって忘れそうになる。あれだけ性に縛られてきた俺が。

零士からしたら、フェロモンが効かなくて物珍しいのもあるのだろう。でもα特有の執着心や独占欲は感じない。束縛される事もないし、俺の行動を規制する事もしない。

生い立ちのせいなのか、αにしちゃ穏やか。あんな仕事をしているくせに目立つのは好きじゃなくて、普段は揉め事を嫌う。

散々酷い態度をしてきた俺に怒った事なんか一度もないくせに、ホテルで会ったあいつには本気で怒っていた。

『お前は綺麗だ』

零士の言葉にただ驚いた。

言いたくても言えずに飲み込んでいた過去の自分。溜めていた不満と苦しさが溶けていくような感覚。

知られたくないと思いつつ、分かって欲しい、受け入れて欲しいとどこかで願っていたのかもしれない。

零士は優しい……

何が大事か知っていて、人の痛みが分かる奴だ。

時計を見ると、まだ朝の4時だった。遊ぶ時間を決める時、『明日は朝、少しゆっくり』そう言っていた。

嘘つき。全然、いつもと変わんないじゃん。俺が遊びたがっているのに、気付いたからなのか……

セフレなのにセックス無し。これってどうなの？　正直ケーキバイキングもゲーセンも楽しかった。

──誰にも気を許せない、そう思っていたのに。

あんな α もいるんだ……

落ち着かない気持ちで起き上がる。

ヘッドボードには一枚のメモ。時計のアラームはバイトに行く一時間半前に設定されていた。

【来週水曜日、カレー楽しみにしてる。材料は買って冷蔵庫に入れとくから買わなくていいよ。いつでも来たい時においで。冷蔵庫に朝ご飯があるから食べてね。】

下の方には玄関のロック解除方法と手順、二種類の暗証番号が書かれている。

なんで合鍵なんて渡すんだよ。会って数回、お互いの名前位しか知らない。お前は俺の何を知っているんだ。

冷蔵庫を開けると不揃いで歪な<ruby>歪<rt>いびつ</rt></ruby>なおにぎりと、少し形が崩れて焦げたベーコンと目玉焼き、サラダがあった。料理苦手って言っていたくせに作ってくれたのか。

セフレはデートもしないし、料理も作らない。

運転中に一人で寝ていた俺に怒る事もなくて、運んで寝かしてくれて、おまけに朝飯まで……

ヤラない相手に優しくする必要ないだろ……

ただのセフレにしちゃ近い距離。なんとなく甘い零士の態度。

俺もあれだけ頻繁に相手を変えていたのに、逆ナンも最近は全然していない。

作った自分じゃなくて、素の自分でいられる、それは思ってた以上に居心地が良かった。

なんて説明したらいいか、分からないんだ。

……この不確かな関係を。

174

待ち合わせ…side零士

　今日は約束のデートの日。ケーキバイキングに行く予定。

　レキと会う時はいつも変装の為、微妙な格好ばかりしている。対するレキは今時の大学生。結構、お洒落。

　……俺もたまには格好良くして貰おう。

　時間に余裕を持って事務所へ。この時間なら衣装チェックでスタイリストが集まっているはず……

　ノックをしてからドアを開け中を覗くと、その場にいた三人が振り向いた。

「あれ？　零士さん。今日は休みですよね？　どうしたんですか？」

　ヘアメイクの和葉が不思議そうな顔をした。

「うん。今日はデートなんだ。今、時間ある？　俺だと分からないように格好良くして欲しいんだけど」

　とか言ってみる。

「デート!?　零士さん、恋人いたんですか!?」

　ハモって大声を上げるのは、双子スタイリストの優実と優花。

　三人とも赤井さんと同様、比較的フェロモンに強くて、少し触れる位なら問題ない。赤井さんが俺の為に見つけてきてくれた希少な存在である。

「いや、まだ恋人じゃない。口説いてる最中」

　レキの顔を思い出して自然と口元が緩む。

「くっ、口説……!?」

　和葉が驚いてペットボトルをひっくり返した。

「どんな人ですか!?」

「何歳!?　何してる人!?」

　……双子は騒ぎ過ぎ。案の定、喰いつかれた。

「可愛い子。大学生で20歳」
「六も下とか犯罪ですよ、零士さん！」
　和葉は滅茶苦茶楽しそう。
「可愛いだなんて……！」
「零士さんも惚気たりするんですね」
　優実と優花はキャッキャッと言っている。
「もー。困った人ですね。プライベートにプロのスタイリストを使うなんて！　それ位、俺達の腕を信頼してるって事ですか？　いやー。困ったな」
　とか文句を言いつつ、和葉はデレデレと嬉しそうにメイクボックスを開いた。
「別人ならミュージシャン風とか？」
「全身黒はどう？」
「デートなら爽やかさが欲しい」
　即座に仕事を放り投げ、本人そっちのけで、楽しそうに服選びをし始める双子。
「髪色は？」
「茶色……いや。思い切って金」
「いいかも。金髪碧眼とかにしちゃおう」
「王子風ね」
「ゴツいアクセで締めて、アンバランスさを狙ったら？」
「派手なサングラス使って、あえて服はTシャツジーンズとかでも引き立つかも……」
「見せてやります！　スタイリストの本気。ふっふっふ……」
　若干、玩具にされつつ、ああでもないこうでもないと色々な服を着せられた。
「これでどうです？」
「完璧！」

自信満々な様子で鏡の前に連れて行かれた。
「零士さんだとは分からないけど、これは目立ちますよ。念の為、黒髪か茶髪のウィッグも持って行ったらどうですか？」
　和葉が覗き込み、提案してきた。
「俺だって分からなきゃいいよ……ははっ。本当だ、ミュージシャンっぽい。仕事中にごめんな、ありがとう」
　置いてあったカバンを掴む。
「いいえ。また是非！」
「次のデートの時にも言ってくださいね」
　笑顔の優実と優花に手を振る。
　もう一度、お礼を伝えてから、控室を後にした。

＊　　　＊　　　＊

　時計台がある広場は人で溢れている。
　待ち合わせ場所に着くと、レキの姿を見つけた。
「一人？」
「いいえ。待ち合わせをしていて」
　レキは断っていたが、αの男が熱心に誘っている。
　確かに目を引く容姿だと思う。
　大きな瞳と頼りない肩幅、細い腰は庇護欲を掻き立てる。
　幼い感じなのに、時折見せる色気のある表情はどこか儚げ。純情そうで少し危うい姿に皆、目を奪われていた。
　レキの方へ歩き始める。
　βのようでβじゃない。ΩだけれどΩに見えない。Ωの首輪は、まだ誰のものでもないという証。『自分だけのΩにできるかもしれない』という甘美な響きに、目が眩むのも分かる。

「触るな。手を離せ」

　馴れ馴れしくレキに触って頭にきたし、『ヤクザ風で撃退』決定。

　肩を抱きナンパ男を睨む。乱暴な口調で脅すと、そいつは諦めて帰って行った。

「ありがとうございました」

　他人行儀に話され、笑う。

　どうやら気付いていないらしい。

　いつも、しているピアスを見せると、レキはそこでようやく俺に気が付いた。

＊　　＊　　＊

　……ケーキバイキングにして良かった。

　色とりどりのケーキに釘付け。目移りしながら、レキはうっとりとケーキを見ている。選ぶ時も食べている時も、幸せそうな様子。

　緩んだ顔が新鮮でまじまじと見ていたら、逃げられてしまった。

　でも個室では二人きり。隣に座り、距離を詰める。

　少し意識して欲しくて、レキの口元に付いているクリームをわざと舐めると、レキは怒りながら耳まで赤くなった。

　レキと付き合ったら、毎日、楽しいだろうな……

　少しずつ強くなる想い。

　甘いパフェを口に運び、横顔を見つめた。

過去

「ありがとう」

　帰り際、遠慮がちにレキが言う。少し照れながら言ってくれた言葉に胸が温かくなる。

　ケーキバイキングが余程楽しかったのだろう。今日はたくさん笑っている顔を見る事ができた。

『俺も楽しかったよ』

『また行こう』

　でも、ありきたりな言葉しか出てこない。

　言葉にならずレキを引き寄せた。

　ほっとする温もりを感じ、目を閉じる。

　なんて伝えたらいいだろう。この気持ちを……

「は、離せよ！　急になんだ！」

　怒っているけれど、まだ離したくない。ふわふわの茶色の髪に手を伸ばす。

　──初めてなんだ。

　時々、表情が作れなくなるのも、側にいるだけで満たされるのも。

　エレベーターの上のボタンを押す。

「出口は下じゃ──」

　唇を指でなぞる。

「抱かせて……」

　耳元で囁くとレキの頬が赤く染まる。

　もっと見せて、そういう顔。

『セフレじゃ足りない』

『お前の事ばかり考えている』

伝えたら、どんな顔をする……？
　今夜は少し真面目に口説いてみようか。

　ホテルに移動しようとしたら、レキがスマホを忘れたと言い出した。多分、店だろう。
　前に優実と優花が優しい男はモテるって言っていたっけ……
　店の方に向かおうとするレキの腕を掴む。
「俺が行ってくるよ」
　カードキーを渡して店に戻った。
　無事にスマホを回収し、煙草を買う為、下へ降りた。
　そう言えば今日は全然、吸っていなかったな……
　意識すると無性に恋しいが、箱を鞄にしまった。

　本気で迫ったらレキはどんな反応をするだろう。
　照れている表情を思い出し、堪らなくなってくる。
　その時、エレベーター待ちをしている人にじっと見られた。
　俺、今、どんな顔をしていた……？
　気恥ずかしくなり、目の前の喫煙所に逃げ込む。
　……気分を落ち着かせる為に一本だけ。
　煙草を咥え、煙を吐き出した。
　レキは部屋に行ったかな……
　遠慮して、さっきの場所で待っている可能性もある。
　一人だと、また α に声を掛けられているかも……
　結局、気になってしまい、点けたばかりの火を消した。
　レキとずっと一緒にいたら禁煙できるかもしれない。そんな事を
考えながらドアを開けた。

予想通り、レキはエレベーター前のソファに座っていた。目の前にはαっぽい男がいて何かを話している。
「レキ」
　声を掛けると、レキはビクッと体を震わせた。
　緊張、不安、焦り、その瞬間に気が付く。
　──なんだ、この動揺は。
　会話を邪魔されて不満だったのか、苛ついた表情で、男は俺を睨んできた。
　見覚えのある顔──確か議員の息子だ。一回、親子でテレビに出ていたから覚えている。確か飲み会で暴行事件を起こした事があった。金に物を言わせて、世間的には騒ぎにならなかったけれど、業界では結構噂になっていた。
「ハッ……なんだよ。彼氏？　ちゃっかりα捕まえてんのか」
　明らかに機嫌が悪くなる男。
　元彼か聞いてみるが、違うと即答された。

「Ωなんて相手にするわけないだろ？　こいつ、色んな男に輪姦<ruby>姦<rt>まわ</rt></ruby>されてたんだぜ」
　ヘラヘラしながら男が言い、信じられない言葉に一瞬、耳を疑う。
　そんなはず無い……
　でもレキの表情を見て、言葉を失った。
　真っ青な顔、不安に揺れる瞳。
　レキの動揺が真実である事を告げる。

　───だからαが嫌いなのか。
　なんで、そこまでαを目の敵にしているのかと思っていた。
『ただの性欲処理』
　そんな風に言われながら……

発情に当てられたαは乱暴になる奴も多い。しかも複数……

負けん気の強いレキの事だ。きっと抵抗したに違いない。それでも力では敵わなくて……

想像するだけで胸が痛い。

βばかりに声を掛けていた理由に納得するしかなかった。妙に負けず嫌いなのも、主導権を握りたがっていたのも……

『不感症』

蔑むように男が嘲笑う。

未開発だった体は、欲を満たすだけの為に抱かれていた証拠。多分、痛みと苦しさだけで快感なんか得られなかったのだろう。

芸能人として、幼少期から感情を表に出さずコントロールするよう常に心掛けてきた。

——けれど爆発しそうな嫌悪感を抑えきれそうにない。

人を殴りたいと思ったのは生まれて初めて。この最低男を追い詰めてやりたい。

「お前、クズだな」

ぶん殴ってやりたいが、万が一レキが逆恨みしたら厄介だ。

それにプライドの高そうなα。

精神的に追い詰めた方が有効だろう。

「は？」

呆気に取られる男に、思い付く限りの非難を並べる。

こういうタイプは少し痛い思いした位じゃ反省しない。心を真っ二つに折って、二度と立ち上がれないようにしないと。

まずは意識をレキじゃなくて、俺に変える必要がある。

揺さぶれ、αのプライドを。その弱い心をへし折ってやる。

レキと昔、寝た。しかも無理矢理。腸が煮えくり返りそうになるのをグッと堪える。

とりあえず『下手』と何度も罵ってやった。

「お、おい。零士」

　レキの方が焦っている。

　……こんな奴の言葉なんて、ただの戯（ざ）れ言（ごと）だ。過去は変えられない。それでも——

「俺はこんな極上のΩには初めて会った」

　レキは特別だ。

「……やめろよ。零士」

「照れてるの。本当にお前は可愛いね」

　額に軽いキスをして、見下すように男を見る。

　ボイスレコーダーのスイッチを入れ、録音を開始した。

「同じαとして呆れるよ。格好悪い事ばっかり言うのはやめたら？」

　畳み掛けるように続ける。

　ほら、怒れよ。……本性を見せろ。

　録音は脅しの材料、最終的には切り札になる。

「いい加減にしろ……」

　男は怒りで震えていた。

　身勝手、馬鹿、クズ、容赦なく言い放つ。

　これだけ煽れば、怒り狂うだろ。

　あまりレキの前では暴力を見せたくないが、手を出してくるなら、やり返す理由もできるし、正当防衛も成り立つ。

「……大丈夫。お前は綺麗だよ。あんな奴の言葉に傷つく必要なんてないんだ」

　下を向くレキはいつもより小さく見えた。言い返したりしないのも、今までの辛さや苦痛が伺える。

　そんな叱られた子どもみたいに不安そうな目をしないで。こんな

奴の言葉には左右されない。レキという人間をきちんと知っている
なら他の誰だって、きっと変わらないんだ。
「……何、夢見てんだよ。綺麗なわけあるか！　レキはなぁ！　レイプされて、数え切れない程の男と関係を持った汚い奴なんだ！」
　男が怒鳴り、その瞬間、俺の中で何かが切れた。
　相手の胸ぐらを掴んで、持ち上げる。
　宙に浮いた男は、そこで初めて狼狽えた。
　なんで、お前がそこまでレキの事を酷く言うんだ！　レキを傷つけたくせに!!
　体中を怒りが支配する。
「零士！　もういい!!」
　慌ててレキが腕を掴んできた。
　不安そうな顔を見て、短く息を吐く。
　……落ち着け。最終目標はこの男が二度とレキに近寄らない事だ。

　ケーキを食べながら笑うレキを思い出す。
　……あんな風に笑えるようになるまで、どれ程、悩んだのだろう。
『自分なんて』そんな風に思うなよ。
　本当だったら精神を病んだり、人間不信になっても不思議じゃない。傷ついて苦しんでそれでも必死に堪えてきた。
　俺の言葉に涙目になるレキを見つめる。
「零士。早く行こう」
　震えるような小さな声に頷く。

　結局、男は全く反省の色も見せず、ずる賢く権力を振りかざすだけだった。
　ボイスレコーダーの音を聞かせると、一瞬、青くなったものの、逆にレキの最中の写真をバラすと脅してきた。

……言葉で何を言っても、こいつが変わる事は無い。
　眼鏡を外し、男の顎に触れる。
　暗示を掛けるように話すと、男の眼の色が変わった。

　いつも俺の考えが全てになり、相手は『自分』が無くなっていった。だから俺は線を引くように心掛け、自分から目を見せるのも触れるのも、ずっとやめていた。
　——でもレキを守れるなら、自分の信念を曲げたって構わない。

気分

　男がいなくなった後も、さっきの言葉が頭から離れなかった。
『最中の写真をバラす』
『輪姦されてた』
　あの言い方だと該当者は複数。中には地元離れた奴もいるだろう。
　明日にでも、あいつの実家──議員の家へ行って息子を呼び出して、関係者を聞き出して……住所が割れたら、一人ずつシラミ潰しで行こう。
　奴が全員を知っているとは限らない。自分で片を付けたかったが、レキの安全の為にも一日も早く決着を付けるべきかもしれない。興信所も使うか……
　うちの社長が人物調査等で利用しているオフィス。値段は法外だけれど、腕は確かで信用実績もある。秘密を守りたい芸能界では有名な場所だ。

　シュンとして黙ったままのレキ。曇った横顔で肩も落ちている。
　さっきまでケーキ美味しいって無邪気に笑っていたのに。
　嫌な記憶を忘れる、それはとても難しい事。忘れたいからと言って簡単にできるわけじゃない。
「……レキ。やっぱりデートしないか？」
　はしゃぐ気分じゃないかな。できれば気分を変えさせてあげたい。
　思い付く限り、色々な案を話してみる。
「もしかしたらスポッチュ？」
　レキが関心を示したのは、スポーツもできるゲーセン。
　良かった。少しは興味ありそう。
「楽しそうだけど遠いし……」

その言葉に安堵する。
「たまには遊ぼう」
　エレベーターのボタンを押し直した。

「……怒ってんの、初めて見た」
　車でレキが言ってきた。
　あんなに激しい怒り、今まで感じた事はない。レキが落ち込んで
いると、俺まで悲しくなる。俺、思ったより重症かも……
「……お前は綺麗だよ」
「やめろよ。恥ずかしい奴だな！」
　紛れもない本心だ。きっと何があっても変わらない。
「なんで顔赤いの？」
「この野郎。ゲーセンで叩きのめしてやる」
　いつもの口調……
「俺が勝ったら、してる時の声、録音させて？」
「は、はぁ!?　させるわけねぇだろ！」
　ふざけた振りをして、そっと盗み見る。
　いつか忘れられるといいな……
　レキの心が穏やかでいられるように。

　　　　　　　　＊　　　＊　　　＊

　三時間にしようと提案したら、レキは嬉しそうに頷いた。
　仕事はいつも朝早いから遠慮していたのだろう。一緒に楽しめる
なら、少し位、無理したって構わないのに。
　支払いをすると、レキがお金を出してきた。
「気にするんならさ。今度、エアーチーズケーキ作ってくれない？

料理でもいいよ」

　なかなかの名案。気を遣うから、少し前から考えていたお願いを提案してみる。

　来週の水曜日、カレーを作ってもらう約束を取り付けた。

「早ければ6時には終わるけど、仕事が延びるかもしれないから、これ」

　合鍵を渡したのはただの口実。本当は金曜日以外にも会いたかったから。

　鍵は突き返されたりしなかった。

　荷物をロッカーに預けて、三時間目一杯遊び倒した。

　時間はあっという間に過ぎる。

　仕事を忘れて楽しむ。新鮮な経験だった。

　熱中しているレキの様子を見つめる。ゲームもスポーツも、レキと二人でやると面白かった。

　　　　　　　＊　　　＊　　　＊

　帰り道、道路は少し渋滞していた。

「こんな所に100円寿司あったんだ」

　通りかかった建物をレキが指差す。

「食べに行く？」

「えー。まだ食えんの？」

　楽しそうに話しながら見せてくれた笑顔。

　……うん。やっぱり、お前には笑った顔が合っている。

　しばらくすると、レキは急に無口になった。

どうやら課題のせいで寝不足らしい。
「寝てていいよ」
　ラジオの音を下げる。
　すぐにウトウトし始めたレキ。信号待ちをしている時に少しだけシートを倒した。
　安心したように眠る様子を見て嬉しくなる。
　最初の頃からじゃ考えられない。
　少しずつ近付く距離。前より気を許してくれたのだろうか。

　ホテルには行かず、自宅へ戻った。
　マンションに着いても、レキはぐっすり眠っているまま。抱き上げたら、寒かったのか小さくなっている。
　……軽いし、細いな。
　どんなにスポーツができても、格闘技を習っていても。βにしか見えないけれど、レキはΩなんだ。
　ホテルでの事を思い出し急に不安になる。急いで家に向かった。

帰宅

レキをベッドに寝かせ、そっとドアを閉めた。

ベランダに出て、スマホの連絡帳を開く。とりあえず興信所に電話をした。

対象者はαと取り巻きのβ。まずは現住所を押さえて、そこから真相を探り、横の繋がりを掴む。

そこまで時間はかからないと言われ、電話を切った。

シャワーを済ませ、寝室に戻る。

ノートパソコンを開き、スタイリスト達の予定を調べた。

本格的なヤクザに仕上げて貰ってから突撃しよう。引き出せるだけ情報を得て、一匹残らず必ず炙り出してやる。

『守ってあげたい』

そんな事、初めて思う。

——過去は変えられない。けれど、この先、レキがずっと笑っていたらいいと願う。

「……う……ん……」

明かりが眩しかったのか、レキは寝返りをして背を向けた。

パソコンを閉じ、ベッドに目を移す。

すやすやと眠るレキは可愛くて、見ていて飽きない。

頬をつつくとちょっと嫌なのか、眉が歪む。髪を撫でたら、今度は気持ち良さそうな顔。レキの隣で横になった。

抱きしめると、冷えていた自分の体が、ゆっくりと温度を上げる。

温かい……

「……れーじ」

名前を呼ばれてハッとする。しまった。起こしたか。

でも見てもレキはぐっすり寝ている。

俺の夢を見ている……？

手を伸ばしたのは、ほとんど無意識。引き寄せられるみたいに唇を重ねた。

最初にレキから『キスはいらない』そう言われて、一度もした事はなかった。

やわらかい唇。鼻をくすぐる甘い香り。

二度三度繰り返す。

その瞬間、自分の中にある気持ちに気が付く。

……俺、レキとキスしたかったんだ。

俺達はセフレ。それでもいいと言ったのは自分。

今まで人と深くかかわらないように気を付けていたし、誰といても望まなかった。

自分自身の感情に戸惑う。

芽生えてしまった『特別になりたい』という気持ち。

今、強く願う。

レキの全てが欲しいと……

　　　　　　　＊　　　＊　　　＊

あまり眠れず、目を覚ました。

朝食を作っておいたら、喜んでくれるかな……

音を立てないよう起き上がり、キッチンに向かった。

人様に振るまうような洒落た料理はできるはずもない。毎日ほぼ外食。作っても焼くだけ煮るだけレンジで温めるだけ。

冷蔵庫を開けても碌な物は入ってない。仕方なくレタスをちぎりトマトを入れただけのサラダと、フライパンを出して卵を焼いた。

……昨夜はレキと寝なかった。
　それでも今までで一番、レキを近くに感じた一日だった。

＊　　＊　　＊

　その後、議員の家を訪れ、男を呼び出す事に成功。
　幸いな事に暗示はかかったまま。確認すると、最中の写真は男の苦し紛れの嘘である事が判明。男は三人の関係者の名前を簡単に吐いた。でも他の奴が撮っていないという保証にはならない。
　興信所に連絡を入れ、更に調査を進める事を決めた。

　名前を聞き出した三人にもすぐに接触。同じくフェロモンに弱いタイプだった。男の仲間なだけあって、性格がねじ曲がっていたから、存分に追い詰めておいた。
　しかし三人から聞き出した情報は曖昧なものばかり。該当者はたくさんいるが、名前や連絡先は分からない──
　正直、手詰まりだった。
　後は興信所の結果を待つしかない。

偶然

「零士さん。左手を凛くんの肩に置いてください」
「次は目線を少し斜め上に」
「窓の前に立って、抱き合って。幸せそうに目をつぶってくれる？」
「凛くん、涙目で零士さんを見つめて」
「今度はお互い少し寂しそうに……」
　カメラマンと演出家の指示に従い、ファインダーを見つめる。

　今日、最後の仕事は『運命の番』の雑誌紹介用の写真。進行具合は上々。これなら予定より早く帰れそうだ。
　共演者で相手役の凛は長い付き合いで、何度か共演した事あり。努力家でいつも全力。長い時間触れると、耐えられないけれど、しばらくすると我に返るΩとしては珍しいタイプ。ずっと一緒に頑張ってきた仲間でもある。

「お疲れ様です。２時まで休憩入ります！」
　スタッフに言われ、ジャケットを脱ぐ。
「零士。カプチーノでいい？」
　赤井さんが準備してくれたコーヒーを受け取る。
「ありがとう。あ……和葉！」
　道具を片付けている和葉を呼び止めた。
「なんです？」
「今日、青のカラコン持ってる？」
「控室にならあったかも……またデートですか？」
　和葉が寄ってきた。
「うん。今日は俺ん家でカレー作って貰うんだ」

「落としたんですか!?」

「まだ」

「付き合ってないのに、家に連れ込むとか！　零士さんてば破廉恥<ruby>破廉恥<rt>はれんち</rt></ruby>ですよ！」

「ははっ」

　まぁ、やる事はやってるし、否定はできないな。

「和葉も知ってたんだ」

　嬉しそうに赤井さんが話す。

「写メとかないんですか？」

　和葉は興味津々。

「私も見たいわ！」

　赤井さんもノリノリ。二人が詰め寄ってくる。

「写真は持ってない」

　ゲーセンで記念にプリクレとか撮れば良かったな。

「すげー見たい！　零士さんが口説いてる相手」

「私も私も。零士が零士じゃないよね！」

　盛り上がる赤井さんと和葉。

「そう言えばカラコン気に入ったんですか？」

　和葉が聞いてくる。

「いや。コンタクト入れてると、物珍しいせいか相手がチラチラ見てくるんだよ」

　いつもは距離を取られるから、意外だった。

「見られたい……と？」

「……うーん。そうなのかな」

「ヤバい!!」

　なぜか興奮する和葉。

「いつも雑誌に載っても『見ても見なくてもどっちでもいい』の零士が……」

一緒になって驚く赤井さん。
「この前は『デートに行くから格好良くして』とか言ってきたんですよ。信じられます!?」
「信じられない！　やだわ。これ、本物の零士？」
『これ』呼ばわりだし。
「中身、偽物かも!!」
　今度は二人同時に叫んだ。
「……いや。本物だから」
　浮かれている？　少しは自覚あるけれど。
「いつ、会わせてくれるの？」
　赤井さんはまるで親のように聞いてきた。
「いつかね。見た目もそうだけど、中身も可愛いんだよ」
　デートを思い出し、自然と口元が緩む。
「……零士さんが変になった!!」
「本物の零士はどこ？」
　二人共、確実に面白がっている。
「失礼だぞ、赤井さん。和葉」

「零士さん。恋人ができたんですか？」
　凛の声が聞こえて顔を上げる。
「今、ちょっと聞こえて……ビックリしました」
「まだ恋人ではないよ。俺が一方的に気に入ってるだけ」
「零士さんが誰かに興味を持つなんて」
　凛も驚きを隠せない。
「スタンバイ、お願いします！」
　スタッフに声を掛けられて移動した。

　フラッシュを浴び、気持ちを切り替える。

目の前にいるのは『守ってあげたい想い人』。
　……俺は『運命の番を愛するα』。

                    ＊　　＊　　＊

「お疲れ様でした」
「いやー。最高の出来になりそう！」
　スタッフにお礼を伝えて、片付けを始める。
「凛！　次はラジオの収録だよ。急いで！」
「はい。零士さん、お先に失礼します！」
　凛と凛のマネージャーは足早に現場を去って行った。
「赤井さん。俺はもう今日、終わり？」
「ええ。明日はドラマ撮影。朝６時からよ。スタジオＡ51」
「分かった」
「デート楽しんでね！」
　予定より一時間半も早い。これなら待たせず済むかも。
　レキはもう授業終わったかな。
　買い物は済ませてあるし……
　ケーキを買おうと思い、駅の方へ向かった。

　いつもの居酒屋の前を通り過ぎた時、耳慣れた声が聞こえ、振り
向いた。
「今、暇？」
「……暇じゃない」
　面倒くさそうに答えるレキと二人のαが目に入る。
「即答かよ」
「またまた。どうせ暇なんだろ？」

二人共、モデル体型でオーラも凄い。人目を引く容姿とスタイル。一般人じゃないかも……もしかしたら同業者か？

　甘めの正統派美形と男前クール系。揃って相当、良い男。

「レキ。今夜、付き合えよ」

　茶色の髪をかき上げてその男が笑う。

「……い……嫌だ」

　名前を知っている……

　知り合い？　ナンパじゃないのか？

「久し振りに……いいだろ？」

　今度は黒髪の男が意味ありげに笑った。

「やだよ。一晩中なんて無理！」

　一晩中……だと？

　その言葉に足を止める。

「お前が望むなら一晩中でも」

「朝まで仲良くしようぜ」

　二人は楽しそうにレキに絡んでいた。

「怖！　望んでないし！」

　レキは呆れているけれど、前に関係を持ったって事か。自分から逆ナンする位だ。そういう相手はたくさんいたんだろう。

　でもαなのに……

　いつものような嫌悪感も感じないし、猫も被っていない。

「なんでも好きなもん食べていいから」

「ケーキ、食べる？　一時間位、付き合って」

　甘い物好きも知っている。

「『一時間でいいから』なんて言っていつも帰してくれないだろ！」

「最近、付き合い悪いじゃん」

　茶色の髪の男が意地悪そうな顔をした。

「……一時間になるかどうかは、レキ次第だよな」

黒髪の奴がレキに迫り、カッとなる。
　──どういう意味だよ。

「俺、帰る」
「おっと！　今日こそ付き合ってもらうぞ」
　逃げようとしたレキの道を、二人が塞ぐ。
「確保。覚悟決めな」
「決まるかぁ……！」
「たまには付き合えよ」
　黒髪の男は宥めるように、背中を軽く叩いていた。
　レキはジタバタしているが、本気で嫌がっているように見えない。
「離せよ！」
「『うん』って言うまで離さない」
　楽しそうに見えるやり取りに、苛立ちが募る。

「……本当に一時間だけだよ」
　レキは時計を確認して、溜息をついた。
「そんなんじゃ終わるかよ」
「一時間だと足りない」
　爽やかな二人の笑顔が癇に障る。
「さっきと言ってる事、変わってんじゃん！　俺、忙しいの！　こ
の後、予定が……」
　それ以上は無理だった。

　──レキに触るな。

焦燥

　今日は黒髪のサラリーマンに変装している。声を変えたら、気付いてもらえないかもしれない。
「手を離して」
「零士……！」
　レキはすぐに気が付いてくれた。
　たくさんの人が俺の前を横切る。通り過ぎるＯＬもサラリーマンも学生も、誰も俺に気が付かない。
　声だけで気が付いてくれるのは……
　見つけて欲しい人は……レキだけ。
「友達？」
　到底、友人には見えない距離に、不満を感じながら問う。
　年はレキより少し上。二人ともスーツを着ている。
　最初、過去にレキを襲った奴かもしれないと思ったが、やけに親しいし卒業した大学の先輩とかバイト先の人かもしれない。もしくは過去に関係を持った奴だという可能性も……

　二人は顔を見合わせてから、ひそひそと何かを話していた。
　馬鹿にされた気がして、カチンとくる。
　自分で言うのもなんだけれど、俺はαらしくない。比較的穏やかな方だと思っていたのに。
　黒髪の男がレキに近付く。何かを耳打ちすると、レキは黙ったまま首を振った。
　近過ぎる距離と満更でもないようなレキの態度。
　我慢できずレキの腕を掴み、自分の方へ引き寄せた。
「あんたこそ、レキの何？」

その行動が気に入らなかったのか、もう一人の男が威嚇してくる。
　明らかな牽制に火が点く。
「俺の猫」
　普通のαなら、相手がいると分かった時点で興味を失う。探る為、
わざとふざけた言い方をしてみた。
　男は怒るわけでも焦るわけでもなく、見透かすように不敵な笑顔
を見せた。
　いちいち嫌な気分になるのは、俺に余裕がないせいなのか。
　正直、気に喰わない。生まれと育ち、フェロモンのせいもあり、
今まではあまり独占欲や嫉妬を感じた事はなかった。
　……この煮えくり返るような感情は。
「俺達の獲物、横取りしようなんて覚悟はできてんだろうな」
　男は、更に挑戦的な目線を寄越してきた。ダークブラウンの髪が
風に揺れる。
　獲物……？　レキは物じゃない。
　言い方は微妙。でもレキを守ろうとするような態度に、段々苛つ
いてくる。
　しかも目を見ても、二人の態度は全く変わらない。元々αには効
きにくいが、相当フェロモンに強いタイプだ。

　今度は黒髪の男がレキを見つめている。
　向けられた優しい眼差しは、ただの知り合いには見えなかった。
　感じた事のない焦燥感。
　さっきから……この男、近い。
「知り合いだから心配いら──」
　説明をしようとするレキを遮るように抱きしめた。
　俺の行動にレキは一瞬、動きが止まる。
「お……わっ!!　な、何してんだよ！　ここ、外！　駅前！」

「今日は俺ん家でカレー作ってくれる約束だろ。……行くなよ」
　俺の他にもαがいたなんて……！
「外でイチャつくなよ。くくっ」
「なんだ。彼氏なら言ってくれればいいのに」
　二人を無視して、ただ抱きしめていた。
「かっ！　彼氏じゃねぇし!!」
　速攻で否定され、面白くない。
　釘を刺すなよ。それ位、言われなくても分かっている。

　俺達はセフレ。関係を強要するつもりもなかった。
　……でも、どこかで安心していたんだ。
『α嫌い』
『簡単には気を許さない』
　レキはそういうタイプだと思っていた。
　俺以外に男がいる。その事実をどうしても許せない。それは思っ
たより衝撃的で、自分でも驚く程、焦る気持ちになった。

「男二人相手に尻尾巻いて逃げ出すような奴なら願い下げだけど、
見込みあるじゃん。今日は譲ってやるよ」
　去り際、茶色の髪の男が言い残し、その場を後にした。
　それは余裕なのか……？
『今日は』嫌な言葉だ。
「レキ。また今度、付き合えよ！」
　黒髪の男も歩き出した。
　俺がいなかったら、レキは付いて行ったかもしれない。また『今
度』がある。つまり連絡先も知っているという事だ。
　──俺は何も知らない。住んでいる所もバイト先も、ライムのＩ
Ｄや電話番号すらも。

「行こう」
　レキの手を引いて歩き出す。
『彼等とはどんな関係？』
　喉元まで言葉が出そうになる。
　どちらかというと黒髪の男と親密な雰囲気だった。大体、内緒話なんて普通の友達とはしない。

　気持ちが切り替えられず、碌に話もせず、家に連れて帰ってきた。
「……じゃあ、俺。カレー作ってくる」
　レキも俺のピリピリした様子に戸惑っている。キッチンに逃げるレキを追いかけた。
『なんでα相手なのに気を許しているんだ』
　聞いてみたい。
　手を掴み、壁際に追い詰める。
　レキと目が合い、じっと見つめると、頬が赤く染まった。
　……あの二人もこの顔を見たのか。
　湧き上がる黒い気持ちは、ほんの少しの理性を奪う。
　レキの頬に手を置き、目をつぶった。
『キスはいらない』
　そう言われたけれど……
　衝動のまま行動に移す。
「ちょ、ちょっと待て！　な、にしようとしてんだ……」
　背けられた顔。予想はしていたが、拒否された。
「キス」
「な、なっ……なん」
　はっきり伝えると、レキの動揺が伝わる。
「なんで嫌がるの。もっと凄い事してるじゃん」

「俺達、別にそんな……関係じゃねぇだろ」
　レキは猫みたいな奴だ。
　気を許しているようで、踏み込ませてくれない。
　俺達の間には見えない壁がある。

　俺が欲しいのは『特別』。
　レキが欲しいのは『特別』じゃない。

　お互いに何も話さず、時間だけが流れた。
　ケーキバイキングもゲーセンも楽しかった。でも別に俺じゃなく
ても良かったんじゃないか。
　レキは恋人や甘い関係を求めてはいない。それは分かっていた。
　過去のトラウマが原因なのかもしれない。人と深く関わるのが怖
いようにも見える。

　……ゆっくり待つつもりだった。気持ちが追いつくまで、過去を
きちんと乗り越えるまで。
　でも他に相手がいるなら、話は別なんだ。

「大体、人の事、猫呼ばわりすんなよ。誤解されんだろ！」
　大声で怒るレキ。
「誤解されたくないんだ。あの二人とはキスした？　どっちが本
命？」
　想像しただけで腹が立つ。
　本命は黒髪の男の方か？
　言葉にすると、より嫌な気分になる。
　身を焦がすような激情と焦燥。冷静さを欠いている自覚はあるが、
止まらない。

「するわけねぇだろ!!」
　その答えに納得なんてできるはずがなかった。
　キスはしてない。ただ、それだけの事。
　やる事はやっていたんだろう。
「あの二人は」
　言い辛そうに、レキが口を開く。
　言葉を遮るように抱きしめた。
「なっ……離せ！」
　戸惑うレキに答えず、服を脱がし始める。
「おい、この節操無し！　返事しろ！」
「ここでヤラせて？」
　表情が作れず、思った以上に冷たい声になってしまった。
「……カレーは？」
　レキは少し考えてから呟いた。
「また今度」
　カレー、楽しみにしていたよ。
　馬鹿みたいに心待ちにしていた。でも自分だけだと思ったら、一気につまらない気持ちになったんだ。

「こ、こんな所でヤんのかよ。ベッドまで我慢——」
「少し黙って」
「零、——ッ！」
　会話の途中でレキのに触れると、目が潤んできた。
　涙目を見てハッとする。
　……しまった。目を見過ぎた。ついカッとなって。コンタクトはしているし、今のところ変化はなさそうだけれど……
「後ろを向いて」
　見過ぎたし、念の為に後ろからにしておこう。

本当は顔を見ながらするのが好き。俺の手で乱れるレキを。高まっていくレキを見ているだけで満たされる。
　今は余計な事を言いそうだし……
　キスも我慢できないかもしれない。

　最中に、二人と話していた時のレキの笑顔を思い出す。ついでに黒髪の男との内緒話もフラッシュバック。気が散って仕方なかった。
　頭にきたからといって、乱暴に抱いたりしたくない。でも子ども染みた独占欲の行き場はなく、更に暴走するだけ。
　上の棚を開けてボイスレコーダーを置く。ちょっとした意地悪のつもりだった。
「おい！」
　レキはすぐ、その存在に気付いた。

　賭けに負けたから仕方ない——そう思っているのか、レキは抵抗しなかった。
　けれど甘い雰囲気になるはずもなく、挿入しても全然声を出さない。レキは手で口を塞ぎ、必死に耐えていた。
　抱きしめても声を掛けても、何も返ってくる事はなく、途端に虚しくなる。
「声、聞かせてよ」
　キッチンにはレキの甘い香り。
　一方的に思える行為に寂しさを感じた。
　寂しい？　自分のせいなのに……
「レキ……」
　呼び掛けても、答えが返ってくる事はなく、後ろ姿はなんだか悲しそうに見えた。
　こんなのが見たくて、録音なんて言い出したわけじゃないんだ。

206

なんとも言えない気分で抱きしめた。

　お前を縛れる関係じゃない。
　でも他の男の影が、保っていたバランスを狂わせる。

「もし俺が止めなかったら、お前は——」
　その瞬間、中がグッと締まった。
　甘い香りが強くなる。
　……レキ。今、どんな顔をしている？
　抱きしめていた手を握られ、ドキッとする。無意識なのか、その
行動の理由は分からない。でも思わずキュンとしてしまい、触れた
手を握り返した。
　より一層、中が絡み付いてきて、浅く息を吐き快感を逃す。
　レキの足元に白濁が零れ落ちた。
　考えなきゃいけないのに——
　レキの甘い声が、匂いが。俺の思考回路を麻痺させる。
　背中から腰のラインを指でなぞった。触れた場所が赤く染まり、
思わず息を呑む。
「……んっ」
　可愛い声……
　もう駄目。本当に無理かも。
　どうしよう。俺——
「感じてるの？　本当にやらしい猫だな」
「なんだと……この！　ぁ、あぅ！」
　細い腰を押さえつけ、奥まで打ち付ける。

　レキを独り占めしたい。
　俺以外の男なんて、見えなくなればいい。

「や、……ゃ……やだっ！　んんッ！」
　言葉にできない想いをレキにぶつける。

「っ……零……士」
　レキの泣きそうな声で我に返った。
　顔が見えないし優しくできなかったから、過去の事を思い出したのかもしれない。
　——何をやっているんだ。口に出さなかっただけで、レキが傷ついていた事、知っていたのに。

　レキを抱えて寝室に移動した。
「降ろせ！　自分で歩ける」
「大人しくしてないと危ないよ」
　ベッドに降ろすと、目が合った。
　今にも泣きそうな顔……
　少し迷ったが電気は点けなかった。
　目を見て触れても変化がない。
　けれど、どの位なら大丈夫か確証もない。

　もしレキが俺のフェロモンに負け、暗示にかかったら……
　万が一を考えて怖くなる。
　俺は思い通りに動く人形が欲しいわけじゃないんだ。

　生意気で負けず嫌い。優しくて可愛い……
　ありのままのレキがいい。

「……ごめん」

今日の俺は酷かったよな。本当は可愛がって甘やかして、誰より大切にしたかったのに。
「もう録音してないから、声を聞かせて」
　暗闇にようやく目が慣れ、そっと頬に手を添える。
　縋るような表情とむせ返る程のΩの甘い香り。
「ア……あぁ！」
　なるべく優しく……そう思うのに、レキの切ない声を聞いているだけで──
　レキが抱きついてきて、胸が苦しくなった。
　背中に感じる温かい手。堪らなくて腕に力を込める。

　レキと触れ合うと温かい……
　こんな風に誰かを『愛しい』と感じるのは初めて。
　──自分の中に芽生え始めた感情。
　そろそろ向き合わないといけない時が来ている。

偶然…sideレキ

「レキ」

　声を掛けられ振り向く。そこにはナオ兄の旦那の夏陽さんとソナ兄の彼氏の爽さんがいた。

　何気に仲良しなんだよな、この二人。

「今日はソナタ、実家に行ってるんだ」

　残念そうに言うのは爽さん。

「ナオトも。レキは行かなかったのか。俺達は今から飲みに行くんだけど……」

　夏陽さんがちらりと俺を見た。

「……ふーん」

　今日は水曜日。カレー作るって約束しちゃっていたし……零士との勝負から逃げ出すみたいで癪だったから、誘われたけれど俺は行かなかった。

「今、暇?」

　夏陽さんが聞いてきた。

　なんか嫌な予感……

「……暇じゃない」

　溜息をつきながら答える。

「即答かよ」

　何が面白いんだか、夏陽さんは肩を揺らしている。

「またまたー。どうせ暇なんだろ?」

　今度は爽さんが突っ込んできた。

　この二人、組むと面倒くさいんだ。前に皆で宅飲みをした時、延々と惚気話を聞かされた経験がある。一晩中だった。

「帰る」
　無視して背を向けると、爽さんが道を塞ぎ、夏陽さんが首根っこを掴んできた。
　零士が待っているし。
　二人に付き合ったら、カレーが間に合わない。
　……ん？　なんで零士の帰る前に作んなきゃいけないんだ。できた奥さんかよ。それに合い鍵を使って、いそいそカレー作っていたら、なんて思われるか……
　却下！　まるで俺まで楽しみにしているみたいじゃん。奢って貰ってばかりで悪いから、作るだけだし。
　時計を確認する。
「本当に一時間だけだよ」
　まだ早いから零士が帰る頃までなら──

「手を離して」
　低い声に驚いて振り向く。
　え……!?
　突然、黒髪のサラリーマンが間に入ってきた。
　でも、この声は……
「零士……！」
「友達？」
　零士の顔はライトの逆光でよく見えない。
　夏陽さんと爽さんは顔を見合わせ、ニヤリと笑った。
「レキの知り合い？　ナンパ？　助ける？」
　爽さんが小さい声で耳打ちしてきた。
　黙って首を振る。
　なんて言えばいいのか考えていたら、零士の方へ強引に引き寄せられた。

……な、なんだよ。これじゃ、まるで。
「あんたこそ、レキの何？」
　高圧的な物言い。夏陽さんが喧嘩を吹っ掛けるように零士へ迫る。
「俺の猫」
　然程慌てる事もなく、零士が淡々と答えた。
　……だ……誰が猫だ！
　しかも『俺の』って――
「俺達の獲物、横取りしようなんて覚悟はできてんだろうな」
　低い声で夏陽さんが凄む。
　ちょっと！　言い方！　なんでαってすぐ張り合うんだよ。……
いや、違うな。面白がっているだけかも。

　ホテルの件があって、零士は俺のα嫌いの理由を知っている。
　夏陽さんは誰が見ても文句なしのα。爽さんはβだけれど見た目
はαそのものだし……
　零士は多分α二人に絡まれていると思って、助けてくれるつもり
に違いない。
　心配はいらないと説明しようとしたら、零士が急に俺を抱きしめ
てきた。予想外の行動に一瞬、動きが止まる。
　慌てて離そうとするが、零士は手を離さなかった。

「……行くなよ」
　その台詞に固まる。
　な……なん……
　零士はいつも余裕で――
　そんな束縛とも思えるような言葉、一度も言った事はない。
　急激に頬が熱くなり、必死に胸を押す。

「外でイチャつくなよ。くくっ」
　夏陽さんが腹を抱えて笑っている。
　おいおい。夏陽さんがそれを言うのか。自分は外だろうが人前だろうがイチャイチャしまくりなのに。
「なんだ。彼氏なら言ってくれればいいのに」
　爽さんの発した単語にも、むず痒くなる。
「かっ！　彼氏じゃねぇし!!」
　……彼氏に見えるのか。
　言葉にできない衝撃を受ける。
　何、動揺しているんだ。零士は心配してくれているだけで……
　否定しても全然聞いていないし、零士も離してくれない。

　しばらく話した後、二人は嵐のように去って行った。
「行こう」
　何事もなかったように零士は俺の手を引いて歩き出す。
　……なんで手を繋ぐんだよ。
　これ、いらねぇだろ。
　いつもと違う様子の零士に何も言えず、騒がしい街中を歩いた。

悩み

車の中でも零士は無口だった。

普段からそんなにペラペラ喋る方じゃないが……

ホテルで同級生と会った時とはまるで違う。

俺に対して怒っているのだろうか。

心当たりなら山程ある。

この前、運転中、グーグー寝ていた。セフレなのに爆睡してセックス無し。朝飯作ってくれたのに、シンクに皿を置いたまま帰った。洗剤の場所が分からず、あちこち勝手に開けるのは気が引けて……

ふと笑顔を思い出す。

──零士はそれ位じゃ怒らない。なんとなく、そんな気がする。でも塵も積もれば山となる……っていうし。

もしかして仕事で何かあったとか……

いや。零士は人に当たったりするタイプじゃない。

他に考えられるとしたら──

毎回、減らず口ばかり叩くから、流石に嫌気が差した。今までの自分の行動を思い返すと、嫌な奴過ぎて引く。

ぐるぐる考えながら、そっと横顔を盗み見た。

やけに無表情。不機嫌なのか一言も話さず、赤信号の時に俺の方を見る事もなかった。零士はポーカーフェイスだから、表情が読み取れない。

結果、考えたくない結論に至る。

色んな奴にレイプされていた事実が許せなくて、あれからずっと嫌悪感を抱いていた。

αなら当然。現状で一番の有力候補だろう。

あんな風に庇ってくれたのに……
　……それだけは違うって思いたい。

　あー。もう分かんない！　考えても考えても答えは出ない。
　本当は言ってやりたかったんだ。人前で抱きしめるとか、手を繋ぐとかやめろって。後は人の事、猫呼ばわりするなと。
　思っていたのに、一つも言えなかった。全然話さない零士に焦ってしまう。
　居心地の悪い車の中。車の走行音だけが聞こえる。
　もし意味深な会話のせいで、あの二人がセフレとかに見えたのだとしたら──
　さっきの二人は兄達の旦那と彼氏だって言う……？
　でも、なんの為に？
　まるで言い訳のような言葉。全然違う事が原因なら『何言ってんの？』となる。
　馬鹿みたいだろ……
　それに、もし信じてもらえなかったら──信じるも何も俺達はただのセフレだけれど。
　なんかヘコみそうな気がする。

　マンションに戻り、零士がドアを閉めた。
「……じゃあ、俺。カレー作ってくる」
　緊張して小さい声しか出なかった。鞄を下ろし、そそくさとキッチンに逃げる。
　不意に手を掴まれ、景色が反転。背中に壁がぶつかり、横に両手を置かれた。
　──壁ドン!?
　青い瞳の零士と目が合い、心臓が跳ねる。

な……なんて顔してんだよ……
　攻撃的な視線に緊張してしまう。

　考える間もなく俺の頬に手が触れ、心臓が激しく音を立てた。更
に距離が近付き、煙草の香りが強くなる。
　零士が目を閉じた。
　キ……キスされる!?
「ちょ、ちょっと待て！　な、にしようとしてんだ……」
　触れる直前、慌てて肩を押した。
「キス」
　挨拶するように普通に答える零士。
　滅茶苦茶に動揺してしまい、視線が彷徨う。
「俺達、別にそんな……関係じゃねぇだろ」
　じっと見つめられ逃げ場もなく、しどろもどろ答えた。
　キスは恋人がするもんだ。だってセフレはしないだろ。キスなん
かしたら……

　──零士が俺を見ている。
　零士はキスしたいのか？　……俺と？
　何それ！　なんだよ。それ……
　落ち着かない気持ちで胸がざわつく。
　駄目だ、まずい。こんな時に赤くなったりしたら、なんて思われ
るか分からないぞ。
　見るなよ。今日はどうして、そんなに見るんだ。
　吸い込まれそうな深い瞳。零士の目に囚われる。

「大体、人の事、猫呼ばわりすんなよ。誤解されんだろ！」
　照れているのを悟られたくなくてわざと大声を出す。

216

零士の事、ソナ兄にもナオ兄にも言ってないんだ。変な風に伝わったら……

「誤解されたくないんだ。あの二人とはキスした？　どっちが本命？」

　淡々とした声に唖然とする。

　夏陽さんと爽さんの事!?

　次から次にくる言葉を理解できるはずもなく。

「するわけねぇだろ!!」

　焦って返すだけ。

「ふーん」

　納得がいかない声。

　本命!?　何がどうして、そうなった！

　不本意だけれど、一応、説明しておいた方が良いんじゃ……

「あの二人は」

　会話の途中で抱きしめられる。

「なっ……離せ！」

　零士は返事もせず、服を脱がし始めた。

「おい、この節操無し！　返事しろ！」

「ここでヤラせて？」

　感情の籠っていない声。零士は冷たい笑みを浮かべた。それは氷のように色がなく、見た事がない種類の表情にゾッとする。

　なんだ。その恐ろしい笑顔は！　怖ぇーよ！

　いつもの零士と違う。

　冷ややかな態度に、どう返せばいいのか、分からなくなる。

「……カレーは？」

「また今度」

　今度はどこか寂しそうな声だった。

……あんなに楽しみにしていたのに？
　零士の手が下着の中に入ってくる。
「零、──ッ！」
　あっという間に全部脱がされて、弱いところを刺激される。
「後ろ向いて」
　今日は後ろからなのか……
　一回目は向き合ってする事が多かったから、変な感じだ。
　零士の手は優しい。丁寧に開かれる体。乱暴にされる訳でもない
し、痛くもない。
　──けれど顔が見えず、なぜか不安になる。

　ゴソゴソという音に気付き、上を向いた。
　零士は棚を開けて何かをしている。気になって見てみると、キッ
チンにはそぐわない物が置いてあった。
　あれは──前に見たレコーダー‼
　赤いランプが点滅していて、作動中のそれを呆然と見つめる。
　腰を押さえつけられて、強引に零士が挿ってきた。
　絶対に声なんて出すもんか……！
　賭けは俺の負けだから録音は仕方ない。
　でも声を出さなきゃいいんだ。
　もどかしくなる程ゆっくり出し入れされて、じわじわと快感が高
まる。決意とは裏腹に勝手に上り詰める体。探るように中を擦られ
て、後ろから優しく抱きしめられた。
「……レキ」
　囁くような甘い声。耳を甘噛みされて、体が痺れてくる。
「声、聞かせてよ」
　ゆっくりなのに気を抜いたら、叫びそう……！
　たった数回で変えられた俺の体。必死に声を抑える。

218

「レキ……」
　やめろよ。どうして、そんな風に優しく抱きしめるんだ。
　……なんで、そんな声で俺の名前を。
　痛い位、抱きしめられる。

「もし俺が止めなかったら、お前は──」
　零士の声が段々聞こえなくなる。
　……頭が真っ白になりそう。
　駄目……イク。
　俺を抱きしめていた手をぎゅっと掴んだ。
　欲が零れ落ち、床が汚れる。
「……こんなにゆっくりなのに」
「ぅ……はぁはぁ……」
　背中を優しくなぞる指。確かめるように腰のラインを辿る。達したばかりの体には、それすらも刺激だった。
「本当にやらしい猫だな」
「なんだと……この！　ぁ、あぅ！」
　急に動きが激しくなり、足に力が入らなくなってくる。
　キッチンにやらしい音が響き、一気に昂り詰める。火がついたように体が熱くなった。
　……イッたばっかりなのに。
　自分の手で口を塞ぐ。奥の奥まで攻められて、クラクラしてきた。
　クソ。手加減無しかよ！
「……ん……ャ……」
　声が抑えらんねぇ。激しすぎる！
「ぅ、んあっ!!」
　レコーダーのランプは無情に点滅している。
　痴態は晒したくないのに……

零士は容赦ない。
　体は熱を帯びていくけれど、なんでこんな気持ちになるのだろう。
　——顔が見えないから？　零士がいつもより無口だから？
　それに今日は全然、頭や頬を撫でられたりしていなかった。普通、
セフレはそんな甘ったるい事しない……
　感じていた違和感に気付き、なんだか寂しい気持ちになる。
　……おかしいな。自分でセフレって言ったくせに。
　動きが不意に止まり、熱くなっているものを抜かれてしまう。
　そのまま抱きかかえられた。

　電気は点けず真っ暗なまま、寝室のベッドに降ろされた。
　暗くて全然見えなかったが、向き合って抱きしめられる。

　温かい……
　妙にほっとして、零士の服を掴む。

「……ごめん」
　ボイスレコーダーの事……？
　何に対して謝っているのか理解できずにいたら、足を開かれた。
「もう録音してないから、声を聞かせて」
　いつもの零士だ……
「ア……あぁ！」
　そんな事を考えていたら、手を握られ奥まで突き上げられた。
「奥ダメ……っ！」
　今度は中を優しくなぞられ、背中がゾクゾクしてくる。
　髪をすくみたいに撫でられ、頬にキスされた。
「レキ……」
「ん、あっ！　ゃ……んん……!!」

220

目がチカチカする。

　激しく求められたら、訳が分からなくなって、あっと言う間に達してしまった。

　——結局、思っていた事は言えなかった。

　先程とは違う甘い抱擁。遠くなる意識の中で、なんとなく安心している自分がいた。

　すっかり慣れてきた零士の煙草の残り香。シャツから香る柔軟剤の匂い。ほのかに甘いαの香り……

　広い背中に手を回した。

　逃げ出したくなるような快感の中で、そっと目を閉じる。

　零士の温度だけが確かな物のような気がした。

料理

　ハッと目が覚める。時計を見ると、夜の11時。隣に零士はいなかった。

　……さっきのはなんだったんだろう。

　爽さんと夏陽さんに会ってから、零士は明らかに変だった。乱暴にされたわけじゃないけれど、どこか冷たくて……

　ムクリと起き上がる。

　扉を開くと、カレーの匂いがした。

　恐る恐るキッチンを覗くが、いない。

　シンクには、包丁に慣れていないせいか厚く切り過ぎた野菜の皮の残骸が残されていた。少し色が変わってしまっているリンゴと蜂蜜も置いてある。几帳面に計ったのか、軽量カップとスケールもカウンターにあった。

　開いたままのレンジの中には、ペチャンコになった蒸しパンのようなものが入っていた。

　オレンジの香り……

　鍋の蓋を開けると、具は肉以外全部、溶けてなくなっていた。世辞にも良い出来とは言えないが……

　とりあえず蓋を閉め、零士を探しに行く事にした。

　他の部屋を見に行こうとすると、ふとカーテンが風になびいているのに気が付く。そこで初めてベランダの存在に気付いた。ベランダ……とは言えない広さのバルコニーらしき場所の隅で、零士は煙草を吸っていた。

　淡い月明かりの光を浴びて、零士の髪がキラキラと光っている。

綺麗な髪色だな……
　夜空に紫煙が広がる。それはドラマのワンシーンみたいだった。
　悔しいが、様になっている。
　でも自分家なのに、なんでベランダで？　最初、家の中は禁煙かと思ったけれど、ベッドやリビングはいつも匂いがするし、灰皿もありとあらゆる所に置いてある。
　多分、結構なヘビースモーカー。いつも零士自身、服も髪も煙草の匂いがする。
　それなのに俺の前では一度も吸った事がない。多分、吸わない俺に気を遣っているのだろう。

　そっと窓を開けると、零士が俺に気が付いた。持っていた携帯灰皿を取り出し、火を消している。
　やっぱり……
「……何か食べる？」
　零士が控えめに聞いてきた。
「腹、減った」
　とりあえず、そう答えた。
　零士はすぐに部屋に入り、棚を探っている。
「はい。この時間だから、種類少ないけど」
　それはピザや寿司とかのデリバリーのチラシだった。
「カレーは？」
「あぁ……見たの？　上手くいかなくて」
「カレーがいい」
「失敗したんだって。具が全部溶けて、分量通りなのに味も薄い」
「それ位、大丈夫」
　その時、零士の指に目が行く。左の人差し指に切り傷があり、血が滲んでいる。

「零士。手、どうしたんだよ」
　零士は自分の指先を見て、溜息をついた。
「包丁、久し振りに持ったから……」
　いつもはしない料理。芸能人のくせに怪我までして……
「消毒した？　絆創膏は？」
「大した傷じゃないよ」
「救急箱ある？」
「……レキがやってくれるなら」

　箱を開けると、中には絆創膏と消毒液しか入っていない。
「あまり沁みないようにしてくれ」
「ふ……そんなの、コントロールできねぇし」
　俺が笑うと、零士は少しほっとした表情を見せた。
　……なんだよ、その顔は。αのくせに何を安心しているんだ。

　何も言わずキッチンに向かった。
「本当にカレー、食べるの？　美味しくないよ」
「零士は食べた？」
「味見だけ」
「深めの皿はある？」
　零士は諦めたのか、食器棚へ向かった。
　普段、全く料理をしないという言葉を裏付けるかのように、キッチンは真新しくてほとんど使った形跡が無い。ＩＨもシンクも傷一つ無く、見れば見る程、綺麗過ぎる。オフホワイトのガラスコーティングの食器棚はライトの光を反射させていた。
「……あとレンジの物体は何？」
　ついでに聞いてみる。
「オレンジ蒸しパン。『ホットケーキミックスで蒸しパンも作れる』

って前に言ってただろ。牛乳とオレンジジュース半分ずつ入れたら、なんか分離して……あと卵がなくて、その分、ジュースを入れたら、少し多かったみたいで膨らまなかった」

「なんで、いきなりアレンジするんだよ。まずは基本からやった方がいいと思うぞ」

「前にあげたワッフル、オレンジ味だったの覚えてる？　お前、『旨い』って笑ってて。レキが喜ぶと思ったんだ……」

零士の言葉に項垂れる。

もー。こいつは俺をどうしたいんだ。

「か、カレー食べよう」

気まずくて背を向ける。

「レキ」

肩を掴まれてドキッとした。

「金曜日にまた来てくれる？　上手にできなかったから、作り方、教えて」

真剣な目で見られて困ってしまう。

『二日後にもカレーかよ！』

突っ込みたかったのに、言葉が出ない。

「……分かった」

押しに負け、そう答えた。

「じゃあ、約束」

目を細めて零士が笑う。

そんなに嬉しそうに笑うなよ。調子狂うだろ。

……別に絆されたわけじゃない。俺は借りを返すだけだ。

心の中で言い訳をしながら、真夜中に二人でカレーを食べた。少し味は薄かったが、野菜が溶けてそんなに悪い味じゃない。

零士は止めたけれど、オレンジ蒸しパンも食べた。残念な食感と味だったが、俺の為に作ってくれたと思ったら、残せなかったんだ。

【4.Trauma】

元凶

　なんとなくモヤモヤしたまま、大学の授業を済ませて、今日は夕方からバイト。
「イチゴミルフィーユ二つとチョコレートシフォンを二つ。以上でよろしいでしょうか」
【Délicieuse pâtisserie】店名の書かれた箱にケーキを詰めていく。
　息をつく間もなく、入店のベルが鳴り、入口に向かう。
「いらっしゃいませ。只今、満席でございます。お名前をお書きになってお待ちください」
「注文、お願いしまーす！」
　今日は近くのホールでコンサートがあるらしく、店は物凄く混んでいた。ショーケースには珍しく【sold out】の文字が並ぶ。
　久し振りに満席が続き、回転も早い。
「レキくん。悪いんだけど、8時半まで伸びられない？　まだ混んでるし」
「いいですよ」
　店長に頼まれて、頷く。
「ありがとう。助かるよ」

　　　　　　　＊　　　＊　　　＊

「こんな時間までごめんね、レキくん。良かったらケーキ一個持って帰っていいよ」
「本当ですか？　やった！」

結局、人が引かず、9時近くまで働いた。

　流石に疲れた……
　着替えていると、ソナ兄から着信があった。
　画面をスライドし、耳元に当てる。
「もしもし？」
　そういえば話すのは久し振り。
『レキ!?　彼氏できたって本当!?』
　耳が痛くなる程の大声。
　いきなりかよ。
「……爽さんから聞いたの？」
『うん。本当なの!?』
「違うよ。ただのセフレ」
　ロッカーを閉めながら答える。
『……そうなの？　随分仲良さそうって聞いたから』
　少し残念そうな声が聞こえる。
「彼氏なんかいらないし」
　ソナ兄はセフレばかり作って、まともに恋愛をしようとしない俺
をいつも心配していた。一番上のナオ兄もだが。
　でも過去の事なんて絶対に知られたくないんだ。だから彼氏がい
らない理由なんて、今後も話すつもりはない。それは信用してない
わけじゃなく、悲しませたくないから……
　俺の初めては友達だと思っていた男で、無理矢理やられた挙句、
汚いもの呼ばわり。クラスメートに見られたのをきっかけにαに犯
され続けていたとか……絶対に言えない。

　あの日、抑制剤をすぐに飲んでいれば――
　何度、後悔したか分からない。

理人と一緒にいるのは楽しかった。趣味も好みも似ていて、発情期がくるまではほとんど毎日のように遊んだりつるんでいたっけ。そんな当たり前がずっと続くと思っていた。
『気持ち悪い』
　未だに夢に見るんだ。あの時の言葉はまるで呪いのように。

『爽ちゃんから「レキが珍しく素だった」って聞いて……』
　ソナ兄が遠慮がちに言ってくる。
「……別に。意味なんかねぇけど」
　俺自身も戸惑っているんだ。零士と一緒にいると、気が緩む。
　警戒すべき憎きαに対して……

「お先に失礼します」
「お疲れさま！」
　まだ働いている店長や社員に声をかける。
『あ！　バイト先だったの？　ごめん！　掛け直すよ』
　それを聞いたソナ兄が慌てて言ってきた。
「大丈夫。今、終わったところ」
　店を出ると、パラパラと雨が降っていた。
　また雨か……
　傘は持っていたけれど、差す程ではない。迷ったが、そのままバス停に向かった。
『母さんから聞いたよ。最近、泊まりが多いって』
　何を探りたいんだか。心配症の兄の追及は止まらない。
「……そうかもね」
　適当に答えた。
　確かに否定はできない。定期的になりつつある。
『同じ人？』

「まぁ、一応」
『それって……！』
　期待するような声に溜息をつく。
「なんだよ」
『どんな人？　優しい？　何歳？　どこで会ったの？』
　ソナ兄が根掘り葉掘り聞いてくる。
　絶対に勘違いしているんだろうな……

「レキ……!!」
　聞き覚えのある声に立ち止まる。
　一瞬で体温が下がった。ジワリと嫌な汗が出る。
　思い出の中と同じその声は……
　振り向かなくても分かる。
　引越してから一度も会っていなかったのに──
『レキ？』
　スマホから声が聞こえ、現実に戻る。
「ごめんね、ソナ兄。悪いんだけど知り合いにバッタリ会ったから、
また連絡する」
『分かった。時間ある時に電話してね』
「うん。じゃあ」
　電話を切って、声の主の方を向く。

「久し振り。レキ」
「……理人」
　そこにいたのは友達だったα。何年も会っていなかったのに、声
だけで分かってしまった。
　思い出の中の理人より、背も高く大人っぽくなっている。
　……正直、会いたくなかった。

「こんな所で会えるなんて」
　どこか嬉しそうな理人を見て、驚く程、気持ちが冷めていく。
「……何か用？」
　我ながら冷たい言い方だと思う。
「今、時間ある？　良かったら飲みに行かない？　酒が苦手なら、カフェとかでも……」
　そう言う理人の顔を見る事はできなかった。
　少しずつ強くなる雨が、より一層、落ち着かない気持ちにさせる。
　理人と二人きり。この数分でさえ息苦しいんだ。正直、耐えられる自信も無い。
「この後、予定があるから」
　何も無いけれど嘘をつく。
　すぐにでもこの場を去りたい。
「そうか。じゃあ、これ、俺の連絡先。今度、ゆっくり会おうよ」
　差し出されたメモにはスマホの番号が書いてあった。
　お前はあの時の事は忘れて何事もなかったかのように話すんだな。俺がどんな目に合っていたか、知らないわけじゃないだろ。
「……悪いけど。俺の彼氏、すげーヤンデレで恐ろしい奴なんだ。連絡先なんてバレたら多分、お前、刺されるよ」
　ホテルでの零士を思い出し、それっぽく言ってみた。メモは受け取らず、背を向ける。
「か、彼氏いるんだ……」
　引っ掛かるの、そこかよ。
「俺、もう行く。じゃあな」
「レキ！」
　声をかけられて止まるが、理人はしばらく何も言わなかった。

「ごめん」

　沈黙を破った理人の言葉に、頭を殴られる。

「……あの時はごめん。『気持ち悪い』なんて思ってない。人に見られて、動揺して。……あの後、時々、αに連れて行かれてるって噂を聞いて、俺……」

　やめろ。やめろよ……！

　──俺は謝罪が欲しかったわけじゃない。

「俺のせいかも……そう思いながら、謝る事も他のαを止める事もしなかった。子どもでごめん。本当は後悔してたんだ」

　ふざけるな。後悔……？

　今更、懺悔かよ。

「……」

「おい……待てよ！　レキ！」

　聞かずに歩き出す。

　これ以上、聞きたくない。

　……その言葉。辛いあの時期に聞きたかった。

　そうしたら、きっと許せたのに……

　思春期。周りの目が気になる多感な頃。言いたい事は分かる。

　でも割り切れる程、まだ大人になりきれなくて。

　ただ夜の街を走った。

　──家に帰りたくない。

　こんな顔を見たら、父さんも母さんも心配する。

〈バイトの人から宅飲みに誘われた。多分、泊まりになると思う。そのまま大学に行く。〉

　とりあえずライムを送っておいた。

　また嘘。何回も送った嘘のライム。あいつにレイプされなかった

ら、こんな風に嘘ばかりつく事はなかったのかな。
　急に落ち込んだ気分になって、とぼとぼと騒がしい街中を歩いた。
　仕方がない。漫画喫茶でも行くか……

　角を曲がると、理人がキョロキョロしながら歩いている。
　ギョッとして看板の後ろに隠れた。
　……まだ俺を探しているのか。
　何も話したくないし、今は顔も見たくない。
　理人の姿はすぐに見えなくなったものの、バッタリ会ってしまい
そうで、俺はその場を動けずにいた。

『レキ』
　不意に零士の顔を思い出した。
　今日は約束の日じゃない。
　でも『いつでも来ていい』って言っていた。
　手を上げて、タクシーを止める。
「お客さん、どちらまで？」
　気が付いたら、俺は零士のマンションの名前を言っていた。

＊　　　＊　　　＊

　勢いで来てしまったものの……
　マンションのエントランスには入らず、入口でウロウロ。確実に
不審者っぽい。
　……なんで零士の家に？
　映画！　そう、映画が見たいんだ！　嫌な気分を切り替えられる
スカッとするアクションがいい。
　シアタールームに用がある。零士がいたら、そう言おう。

合鍵は貰ったけれど……
　部屋番号を押して、呼び出しのボタンを押そうとして一度止まる。
『なんで来たの？』って顔をされたら、どうしよう。
　昨日まで会っていて、正確には朝まで一緒にいた。明日もカレー
作りの約束をしていて、三日連続になる。でも、もう駅をふらつく
気にはなれなかった。
　別にさっきの話をしたいとか、慰めて欲しいわけじゃない。
　零士と一緒にいたら、くだらない話をして笑える気がして……

「何かお手伝い致しましょうか？」
　管理人っぽい人に話しかけられてしまった。
　若干、不審そうである。
　そりゃ、そうだ。インターホン前でずっと悩んでいたら、怪しい
に決まっている。
「すみません。大丈夫です」
　とりあえず押してやれ！
　覚悟を決め、部屋番号を再度打ち込む。
　いないかもしれないし。もし、いたら……
『レキ？』
　インターホンから零士の声がする。
　い……いた……
『どうしたの？　何か忘れ物？』
「そ、そうなんだ。ちょっと上がってもいい？」
　ナイス！　忘れ物にしよう‼
『勿論。良い時に来たね。美味しい物があるよ。今、ちょっと手が
離せないんだ。鍵、自分で開けられる？』
「うん」
　入口の自動ドアが開く。

……良かった。零士、迷惑そうな感じじゃなかったよな。

　貰った暗証番号とロック解除方法の書いてある紙を出し、見ながら番号を入れる。厳重なロックを一つずつ解除していった。

　施錠の外れる音がする。

　開いちゃったよ。やっぱり、この鍵、本物なのか。

　ドアを開けると甘い香りがする。

　リビングに向かうと零士が振り向いた。

「いらっしゃい。ごめんな。開けてやれなくて」

　零士の笑っている顔を見たら、一気に力が抜ける。

「忘れ物は？」

「……もう見つけた。……って何これ」

　思わず二度見。リビングのテーブルとカウンターに、蒸しパンが大量に置いてあった。

「な、なんだよ！　この量は！　一体何個作ったんだ！」

「こっちは基本の蒸しパン。アレンジなし。こっちはオレンジ蒸しパン。今日は卵も使って分量通りだから、ちゃんと膨らんだよ。更にプレーンにイチゴチョコチップ入りと、ココア生地にホワイトチョコもある」

　得意げに零士が笑う。

　量は多かったり少なかったり。でも、ちゃんと膨らんでいる。

「……ふっ……は、はは。夜に何やってんの。作り過ぎだろ。店でも開く気かよ。全部、一人で食うの？　食いきれないだろ」

「余ったら、仕事場に持って行こうかな……マネージャーとスタイリストにあげよう。レキ、早く食べてみて」

　テーブルには真新しい新品のようなお菓子の本も置いてある。

【絶対に失敗しない！　ホットケーキミックスで作るお菓子やケーキ】

わざわざ本を買ったのか……
　付箋がいくつか付いていて、ページを捲る。『オレンジ蒸しパン』、『ドーナツ』や『マドレーヌ』俺がホットケーキミックスで作れるって話していた物に印が付いている。

「昨日は失敗したからリベンジ。本当は今日、練習して明日、食べさせようと思ったんだ。上手くできたら楽しくて……早く食べて。ふわふわだから」
　持ってきたオレンジ蒸しパンを手渡される。
　爽やかなオレンジの香り。一口、口に入れると甘い味が広がった。
「……旨い」
「だろ？　俺だってやればできるんだ」
「でも、やり過ぎ！」
　自信満々に話す零士を見て、吹き出した。
　……子どもみたいだな。
　テレビの中では魅力的でミステリアス。完璧で、誰もが憧れるトップスター。
　あんなに色々持ってる奴なのに、蒸しパンが上手くいっただけで、はしゃいでやがる。

「イチゴチョコのも食べて」
　テーブルの上には数え切れない位の蒸しパン。この量は可笑しいだろ……
「く、くく……」
「レキ。そんなに美味しかった？」
「違う。この量に笑ってただけ。なんの儀式かと思ったつーの！まぁ、旨いけど。ぶ、ははっ」
　……俺、笑っている。さっきまで凄く重くて嫌な気分だったのに。

「チョコついてるよ」
　そう言われ、口端を擦った。
「いや。反対」
　手が伸びてきて左の頬に触れる。
　零士の指にはイチゴチョコ。零士は躊躇いなく、それを舐めた。

「……なんで舐めるんだよ。恥ずかしい事はやめろ」
　困っていたら、また抱きしめられた。
「毎回、やめろ。セクハラで訴えるぞ」
「それなら弁護士を雇わないと」
「マジで返すなよ。……っていうか、離せって！」
　ジタバタ暴れても零士は引かない。
「やだ」
「小学生か！」
「レキ」
「……なんだよ」
「楽しいな」
　抱き合ったまま、零士がそんな事を言ってきた。
『楽しい』
　俺は……？
　気に入らないと思いつつ、何度も会ったりして。おまけにセフレ
を自分から言い出し、今日は自ら来てしまった。
　零士といる時は、自分を作る必要が無い。だから楽なのか。触り
魔は困るけれど。
　少しだけ絆されているのかもしれない。

　頭を撫でられ、目が合った。

「……なんで頭を撫でるんだ」
「お前の髪、やわらかいな……俺、ずっと猫を飼いたかったんだ」
「猫扱いすんな」
「機嫌直して。俺の猫ちゃん」
　零士がふざけて言いながら、髪をクシャクシャにしてきた。
「は、はぁ⁉︎　誰がお前のだ！」
　勢いよく突き飛ばす。
「いて……」
　痛いと言いつつ、零士は楽しそうに笑っている。

　レイプしてくる奴に反抗すると殴られた。フェロモンに当てられたαは乱暴になる。何度か寝ると、例外なく皆、独占欲が強くなった。恐ろしくて面倒な生き物。だから俺はαが嫌い。
　でも零士は軽口叩いても突き飛ばしても怒ったりしないし……

「そうそう。俺、ゲーム機、買ったんだ」
　突然、零士が言ってきた。
「なっ……無駄遣いして！　何買ったんだ。見せてみろ！」
「無駄遣いじゃないよ。この前のゲーセン、楽しかったから。Prostation」
　欲しかったプロステ……‼︎
「最新のやつか！　ソフトは何⁉︎」
「シューティングとか、カーレースに色々」
「もうやった？」
「まだ。レキとやろうと思って」
「よ、よーし！　ゲーム再戦を申し込む！　俺が勝ったら、昨日の録音を消せ！」
「いいよ。俺が勝ったら、何してもらおうかな……」

蒸しパンを山程食べてから、二人でゲームをした。

　あるのは、俺の得意ジャンルのゲームだけ。前のゲーセンで知っているはずなのに。結果は俺の勝ち。
　零士はそんなに悔しがる事なく、録音を目の前で消してくれた。
「もう遅いし、泊まっていったら？　ビール飲む？」
「飲む……」
　なし崩しに二連泊決定。でも、そんなに悪くないかな……とか思ってしまう自分がいた。

酒

「零士？」

「……ん？　うん……」

　ゲームでひとしきり盛り上がった後、ビールとワインを飲んだ。

　零士の顔が少し赤い。

　……え？　まさか酔っている？　こんな少量で？

　一つの可能性に辿り着く。

　零士はかなり酒に弱いんじゃ……？

　今までの様子を思い返す。

　居酒屋で飲んでいたのはサワーかビール。最初のホテルではワイン。毎回、やたらゆっくり飲んでいるし、量も少ない。俺が来る前にすでに飲んでいたのかもしれない。それに、今日は家だから気も緩んで……？

　もし酒に弱いなら、今後、何かの切り口になるかもしれない。出来心というより、悪戯心だった。いつも完璧な男が酔ったらどうなるか、純粋に興味あるじゃん。

「……零士。おかわりは？」

「いや。そろそろ……」

「もう少し一緒に飲もうよ」

　可愛い子ぶって上目遣いで見つめてみる。

「……じゃあ、あと少しだけ」

　敵はすぐに陥落。グラスにワインを注いだ。

　三十分後、異変が訪れた。

　零士はいつもより、ぼんやりしていて切り返しも遅い。

　……マジか！　酔っている‼

天下の零士様が酒に弱いなんて！　ついに弱みを握ってやっ──

　急に距離が近くなり、頬を撫でられる。

　零士が赤い顔をして笑った。

「……な、なんだよ」

「照れてるの、可愛いね。レキ……もっと顔見せて」

　思わず持っていたグラスを落としそうになる。

「ん、な!?　………誰だよ、お前。なんだ。そのキャラは！」

　ワインを少し零してしまい、慌ててしゃがみティッシュで拭く。見上げると零士は笑顔で俺を見ていた。

「何が？」

　花が咲くようなやわらかい表情。ふわりと零士が微笑む。

　そんなとびきりの笑顔、目の前では初めて見た。ドラマやポスターでなら、見た事あるけれど……

「お、お前なぁ！　酔ったせいで適当な事を言ってると後で後悔するぞ！」

「適当じゃないよ。いつもレキの事、可愛いな……って思ってる。笑うと可愛いところも照れると赤くなる頬も。凄く可愛い」

　な、何回、可愛いって言ってんだよ。酔っ払いめ！

　返しに詰まっていると、リビングの床に押し倒された。

「こ……今度はリビングか。寝室まで我慢できねぇのかよ！」

「……うん。レキが可愛いから我慢できない」

　愛しそうな目……なんだよ、その顔も初めて見る。

　零士は酔っているくせにズボンを脱がしてきた。

「いき……いきなりかよ！　余裕ねぇ男は……」

「可愛い。レキ……」

　首にキスされて、くすぐったい。

　人の話を聞け！

「レキの目、綺麗だね……」

　そう言いながら、うっとりと俺を見つめる。

　——零士が変だ！　変になった‼

　いつもの余裕で飄々とした零士はどこにもいない。

「恥ずかしそうな顔、そそる」

　近距離で目を見られてみろ。誰だって赤くなる。

　まつ毛がぶつかりそうな程、近付かれ、どこを見たら良いのか分からない。

「零——」

　何これ、なんなの⁉

　……こんな甘ったるいの、無理‼

「……ん、んっ！」

　腿をやらしく触られて、つい声を漏らしてしまう。

「可愛い声……」

　可愛いわけねぇだろ。酔っているせいで適当な事、言いやがって。

　髪を撫でられ指を絡ませて、優しく抱きしめられた。

　頬や耳、首にキス。

「レキ……」

　す、すげー見られているぞ。今までの事もあったせいか、こんなに長時間見られた事は無い。いつも見過ぎないように気を付けていたのか……？　酔ってるせいで？

　零士が瞼にキスをして微笑んだ。

　な、なんだ、これ。まるで恋人扱い……

　酒癖が悪いにも程がある‼

　本当に優しい目をしていて、触れる手はいつも以上に丁寧。

　あちこち、まさぐられて勃ってしまった可哀想な俺のを弄ぶように、下着の上から撫でられた。

「……ぅ」

「下着、濡れてる」

　今度は打って変わって、やらしい顔。

　お前が触るからだろ！

　下着をずらされ戸惑っていると、そのまま下に下がり、零士が口を開いた。

　赤い舌が見えてドキッとする。

　まさか……!?

　次の瞬間、生暖かい感触に腰が震えた。

「お、俺はいい、から……」

　突然の事に動揺してしまう。

　——零士が俺のを舐めてる!!

　は!?　いや、え……!?　なんで!?　奉仕するαなんて、聞いた事ねぇぞ!?

　しかもやたら上手くて、すぐに達してしまいそうだった。

「してあげたい」

　リビングに水音が響く。零士の口の中は温かく、我慢するのがやっとだった。

「そ、そ……んなとこで……っ、喋るな！」

　信じらんねぇ……！　αのくせに！

　αでそんな事をやってきた奴は誰一人いない。優位に立たれたくないから、碌に前戯もしない奴が多いのに。Ωだから挿れたら濡れるだろうと、いきなり突っ込んでくる奴もいた。

　αは常に命令形。口説くというよりは相手を支配するようなセックスが当たり前。自分の欲望の為に動くαしか知らなかった。

「気持ちいい？　ここは……？」

　俺の反応を見ながら、弱いところを的確に責められる。

「あ、ァ……」

「そんな可愛い声、出さないで。我慢できなくなる……」

　我慢ってなんだ！　零士は本当にαなのか？

　混乱し過ぎて、訳が分からない。

　優しく舌を絡められたら、すぐに昂ってくる。

「ん……ぁ、はぁ……」

　鈴口を吸われ、零士の肩をぎゅっと掴んだ。

「出していいよ」

　目の前が真っ白になり、簡単に限界を迎えた。

　けれど、すぐ我に返った。

「ご、ごめん！　今、ティッシュを！」

　信じられない。口に出しちまった……！

「綺麗にしてあげるね」

　零士の言葉に固まる。

「……あ？　——ッ！」

　再び熱い唇が触れた。ゆっくり奥まで飲み込まれる。

「れ、零……ぁ」

　人間はテンパると本当に喋れなくなるらしい。

「っ……ぅ、ん……」

　わざと音を立てながら咥えられ、その卑猥さに身の置き場がなくなってくる。

　肩を押し必死に抵抗するが、もう何も考えられない。

　裏筋を舐められ、一気に力が抜ける。

　その晩。零士は逃げ出したくなる位、優しくて甘ったるかった。

　……しかも終始、見つめながら。

《to be continued…》

書き下ろし
番外編

Modeling job

紙書籍限定書き下ろし

バイトもそろそろ終わりの時間。零士が店に現れた。
「今日は仕事で無理って言ってなかったっけ？」
　入口にいる零士に声をかける。
「もう終わり？」
「空いてるし、予定通り。あと五分位で上がれる」
「じゃあ、車で待ってる。ちょっと頼みたい事があるんだ」
　珍しく真剣な表情。とりあえず仕事を済ませ、駐車場に向かった。

「モデルのバイトしない？」
　車に乗り込むと、開口一番告げられた。
「モデル？　なんで俺が。嫌だよ」
　意味不明な誘いに頭を捻る。
「そんな事、言わないで。話だけでも聞いてくれない？　困ってるんだ。実は──」

　話を要約すると、こうだ。
　遊園地のアトラクションを紹介する雑誌企画で、トラブル発生。相手役が撮影に来られなくなってしまったらしい。
　代わりを探しているが、フェロモンに強いモデルが捕まらず困っているとの事だった。
「テーマは『デート』。後ろ姿や顔が写らないショットのみだから身バレの危険もないよ。四〜五時間の予定。撮影中、色々乗れて無料。終了後にはフリーパスも貰えるみたいだから、俺の分もあげる。謝礼は交通費含めて──」
「え!?　そんなに貰えるの!?」
　零士から聞かされた報酬に驚く。
　それがあれば、欲しかったゲームとスニーカーが買える。たった一日。四、五時間で……

「……し、仕方ねぇな」

　まんまと餌にかかり、引き受ける事となった。

＊　　＊　　＊

　スタッフにもバレないようにと……

　そのまま零士のマンションへ。

　黒縁眼鏡、黒目を大きくする焦茶のカラコンを装着。ピアスホールもメイクで隠された。

「髪の毛はどうする？　本当はウィッグを貸してあげたいところだけど、ジェットコースター乗ったら飛んでいきそう」

　零士が真顔で言ってきた。

「ぶはっ。ホラーじゃん。誰にもバレたくないし、スプレーで黒く染めようかな。面接用とかのシャンプーしたら落ちるやつ」

「……じゃあ、ヘアサロン予約しておくね。できるだけ髪の毛に負担がないものを準備してもらおう。私服も変えた方が良い」

　事務所から持ってきたという服を何枚か渡され、次々と体に合わせていく。

「こういうのも似合うね。いつもと違って良いんじゃない？」

　零士が選んだのは、グレーのシャツに白のベスト。これで黒髪にしたら、真面目な文学少年っぽい。ここまで徹底していると、本当に誰にも気付かれなさそうだ。

「じゃあ、座って。仕上げに……」

　言いながら、零士は大きめのケースを開けた。そこにはメイク道具がぎっしり詰まっている。

　アイライナーで猫目にされ、軽くメイク。

　口元に黒子までつけられる。

「社長の知り合いっていう設定だよ。社長にも承諾済み。素性がバ

レないように諸々頼んである」
　零士は箱を閉めた。
　鏡に映る自分はまるで別人。あまりの違和感に頬をつねる。
「自分じゃないみたいだ」
　思わず声に出してしまった。
「俺、変装、慣れてるから」
　零士が得意気に笑う。

　なんか大掛かりになってきたな。
　心配になり、零士の方を向く。
「……言っとくけど、そんな経験ないし、上手くできるか、分かん
ないからな」
　一応伝えておく。
　まぁ、なるようにしかならないが。
「いつも通りでいいよ。でも呼び方だけは気を付けてね」
「報酬の為なら、頑張るよ。ね、『零士さん』？」
　悪ふざけのつもりで、あざとく首をかしげてみた。
「……これは俺の方が照れるかも。そうだ。偽名どうする？」
　零士に言われ、考える。
「『連』とか？」
「いいね、そうしよう」

＊　　　＊　　　＊

　ここからは一旦、別行動。美容院で黒髪にして貰った後、緊張し
ながら事務所に足を踏み入れる。
　すぐにスタッフが集まってきた。
「君が社長の紹介で来てくれた子？」

「……初めまして。連です」
　余計な事は言わず、頭を下げる。
「連くん、お洒落だね〜」
　そうこうしているうちに、ロケバスが到着。
　そこに零士の姿はなかった。
「零士さんは一緒じゃないんですね」
「あー。彼は多忙で移動中も仕事なのよ」

＊　　　＊　　　＊

　現地に到着。久し振りの遊園地にテンションが上がってくる。
「零士さん、よろしくお願いします」
　可愛い子ぶって零士に向き合い、丁寧にお辞儀をした。
「よろしくね、連くん」
　他所行きの笑顔を向けられれる。

　たくさんのカメラと機材。日常からかけ離れた仰々しい雰囲気。
想像を超えるスタッフの数を見て、段々と不安になってきた。
「始めはジェットコースター。エキストラはスタンバイ済みです」
　スタッフから説明を受け、更に緊張。
　撮影に合わせて、アトラクションをしばらく借りきるらしい。
　軽く引き受けて、失敗したかな……
「移動する間、試し撮りするよ。あまりカメラを意識し過ぎないで
ね。自然にデートを楽しむ感じで！」
　スタッフに言われ、頷く。
「リラックスして」と言われるが、なかなか難しい。
「連くん、小道具だよ。食べちゃっていいから」
　気を遣ってくれたのか、スタッフの人に言われ、クレープを受け

取り、頭を下げる。
　　甘い……
「……連くん、顔が緩み過ぎ」
　　零士に突っ込まれ、笑ってしまう。
　　甘い物のお陰で、少し緊張が溶けてきた。

　　スタッフに案内され、ジェットコースターの最後尾に乗り込む。
後ろからバシャバシャと写真を撮られたが、なるべく意識しないよ
う気を付けた。
「……俺、ジェットコースター好き」
　　こっそり零士に伝えると、零士が振り向いた。
「俺も」
　　目が合った瞬間、フラッシュが光った。

「運転手は零士くん……いや、逆もありかも。連くんにやってもら
おう」
　　次はゴーカート。ガソリンの匂いとけたたましいエンジン音。運
転席に乗り込み、ベルトをする。
「見せてもらおうか、君の運転テクニックを」
　　運転中は二人きり。零士が煽ってきて、笑う。
「いいよ。運転、得意だし」
「免許は？」
「まだ無い。夏休みに取る予定」
　　コースを走らせていると、遠くにフリーフォールが見える。
「あれも乗れる？」
　　零士に聞いてみると──
「確か予定に入ってたと思うよ。落ちる系が好きなんだね、連くん

250

は。今度、プライベートでデートしない？」

　急に距離を詰められ、言葉に詰まる。

　何、さり気なく迫ってんだよ。バレたら、どうするんだ。

　いつもより少しだけ近い距離。デートという名目だから仕方ないが、零士が甘く接してきて、困る。

「羽士急ハイランドとかどう？　俺、『Hajiyama』乗ってみたいんだ。行った事ある？」

「無い。あそこのお化け屋敷、有名だろ？　行ってみたいな。大人でも非常出口使う人、続出なんだって」

　あっという間に終わってしまい、ベルトを外す。

「あれは行きたくない……お化け役の人が追い掛けてくるらしいぞ。『ダダンパ』や『めえじゃないか』で良くない？」

　嫌そうな顔をしていて、笑ってしまう。

　やっぱりホラーは苦手なんだろうか。

　零士は先に降りて、手を差し出した。

「いいねいいね、もう少し寄って！」

「仲良さそうな感じで、あとスリーショット」

「反射板、移動して！」

　スタッフの人達の声が聞こえ、ハッとする。

　……つい素で楽しんでいた。

「零士くん、次は爽やかな笑顔に」

「楽しそうに口角を上げて！」

「今度はフワッとやわらかく」

　見ていて、流石プロだなと感じた。

　零士は指示通り、次々と違う表情を作り出す。一瞬で纏う雰囲気が変わり、目を奪われた。

見た事のない顔の中に見慣れた笑顔が混じる。それはなんだか、いつもより優しい眼差しに見えた。

＊　　＊　　＊

「では、スチルを確認させてもらいます。皆さん、しばらくお待ち下さい」
　スタッフに言われ、会議室のような場所で休憩となった。
「スチルって何？」
　こっそり零士に聞いてみる。
「今日撮った写真を確認しているんだよ。見せてもらう？」
「いいの？　ちょっと見てみたいかも」

「すみません。俺達も見ていいですか？」
　零士が確認すると、スタッフに手招きされた。
「珍しいね、零士くんが見たがるなんて。連くんもどうぞ。一緒に見よう」
　そう言われ、モニターを覗き見る。
　写っていたのは笑顔でゴーカートを楽しむ写真。二人共、驚く程、自然な笑顔だった。
　コーヒーカップを回し過ぎて、目が回っている写真、お化け屋敷でビクビクしながら歩いているところ、ジェットコースターは後ろ姿だが、ドキドキしている感じが伝わる。自分で言うのもなんだが、どれも滅茶苦茶楽しそうだ。
　俺、こんな顔していたのか……

「いーじゃない！　初々しくてフレッシュ！」
「可愛いカップル感も出てるわね」

252

「なかなかお似合いだったよ」

　スタッフの人達に次々と誉められ、恥ずかしくなる。

「……あの、顔は出ないんですよね？」

「えぇ。ちゃんと画像処理して、いい感じに仕上げるわ」

　そう返ってきて、ほっとする。

「でも勿体ないわね。顔出ししたら？」

「む……無理です！　零士さんの相手役が俺だなんて恐れ多い」

　顔出しなんて、できるか！　ファンに恨まれそうだし。そもそも目立ちたくない。

　スタッフの提案を必死で断った。

　撮影に時間が掛かってしまったからと、予定よりたくさん報酬を貰い、ウキウキと帰宅。

　その日は疲れも手伝い、早めにベッドに入った。

＊　　　＊　　　＊

　雑誌の売れ行きは上々。遊園地の来場者数も増え、話題になっているらしい。

　なんとなく気になり、零士の家に行く前に、こっそりマンションのコンビニに寄った。

　こそこそと周りを気にしながら、例の雑誌を開く。

【零士様と憧れのデート】

【恋人と回りたいスポットをご紹介】

　見出しから、すでにむず痒い。

　最初、目に飛び込んできたのは、夕暮れの観覧車。俺は後ろ向きで景色を指差し、零士は外ではなく俺を見つめている。

……なんだ、これ。照れる。
　悶えていると、不穏な気配を感じ、振り向いた。
「立ち読みなんかしなくても、あげたのに」
　からかいつつ、満面の笑顔。
「そのモデルさん、可愛いよね。『連くん』っていうんだって」
　白々しい……
　真後ろには変装した零士が立っていた。
「可愛いか？　別に普通じゃね？　素人感満載」
　慌てて雑誌を閉じ、元の場所に戻す。
「関係者が『移籍しない？』ってスカウトしたらしいけど、断られちゃったんだって」
「……ふーん」
　報酬は魅力的だったが、学業と両立できないのは困る。それに今回はなんとか自然に振る舞えたけれど、相手が他のαだったりしたら──考えるだけで具合が悪くなる。

「大人しくて真面目で純情なのがタイプなんだ？」
　とりあえず突っ込んでおいた。
　真反対のキャラだったからか、お陰で零士様の大ファンであるソナ兄や母さんにもバレなかったが。
　零士はそれを聞いて、くすっと笑った。
「耳貸して」
「……なんだよ」
　仕方なく耳を傾けると、零士が一歩近付いた。
「連くんも可愛かったけど、レキの方がタイプ」
　耳元で囁かれ、途端に顔が熱くなる。
「は、はぁ？　んな事、聞いてねぇし！」
　ドリンクコーナーの方へ逃げ、イチゴミルクを手に取った。

「レキは子どもだな」
　余裕で笑っていて恨めしい。自分も重度な甘い物好きなくせに。
「大人な零士さんはブラックコーヒーですか？」
　嫌味たっぷり言ってやる。
　零士は少し考えてから、俺と同じイチゴミルクを掴んだ。
「俺も同じのにしよう」
　天下の零士様がイチゴミルクを持ってレジに並んでいる。
　全くもって可笑しな光景だ。

　でも結構楽しかったな……
　そんな事を考えていたら、肩を抱かれた。
「おい。なんの真似だ」
「恋人ごっこ」
「撮影はもう終わっただろ」
「……」
　何も答えない零士の腕を掴む。
「無視するな。返事しろ」
　つい笑ってしまったら、零士も楽しそうに口元を緩ませている。
「笑ったからレキの負け」
「いつから勝負になってたんだ。笑ってねぇし」
　文句を言っているのに……

　零士は目を細めて、あの時と同じ優しい笑顔を見せた。

《END》

『魔性のαとナマイキΩ-Be mine！side R-』単行本上巻をお読み頂き、ありがとうございます。

この度、電子と同時に、初めて紙書籍を出させて頂きました。まさかのお話に未だに実感が湧きません。

たくさんの方が読んでくださった事で、電子化、単行本化、続編、紙書籍という形となりました。各販売サイト様でのランキング入りもありがとうございます。

いいね、お気に入り登録、コメントやレビュー、皆様のご反応のお陰でございます。

読んでくださるだけではなく、お気持ちを伝えてくださり、とても嬉しかったです。

本当にありがとうございました。

レキは口は悪いけれど家族思いでツンデレ、零士は懐は大きく男前だが若干非常識（笑）のイメージで書きました。生意気受けはあまり書いた事がなかったので、新鮮でした。

トラウマをテーマにした為、重い部分もあったと思いますが、何か感じて頂けましたら、幸いです。

是非、お気軽にご感想をください。

今回もMEGUM先生がイラストを描いてくださいました。

カラー口絵はお風呂のシーン。（零士の背中にドキッとし、レキの照れ顔にキュンとしました！）

その他、媚薬を飲んでしまい口で……、零士の嫉妬（兄の旦那&彼氏との遭遇）、ベランダで煙草を吸う美し過ぎるシーン、素敵なイラストを描いてくださいました。

MEGUM先生はたくさんの表紙や漫画を手掛けております。是非、そちらもご覧ください。

　Be mine！シリーズは三部作で、長男、次男、三男の順で発刊しましたが、実は一番最初にレキの話を書き始めました。その為、他の二作にもレキがちょこちょこ出ています。
『裏切りαと一途なΩ-Be mine！side N-』
（長男ナオト編）
『執着βと恋するΩ-Be mine！side S-』
（次男ソナタ編）
　電子書籍にて分冊、単行本、発売中。完結済みです。
　こちらもよろしくお願い致します。

りょう

エクレア文庫をお買い上げいただきありがとうございます。
作品へのご意見・ご感想は右下のQRコードよりお送りくださいませ。
ファンレターにつきましては以下までお願いいたします。

〒162-0822
東京都新宿区下宮比町2-26 KDX飯田橋ビル 5階
株式会社MUGENUP エクレア文庫編集部 気付
「りょう先生」／「MEGUM先生」

✐ エクレア文庫

魔性のαとナマイキΩ -Be mine！sideR- ［上］

2022年4月27日　第1刷発行

著者：りょう ©RYO 2022
イラスト：MEGUM

発行人　伊藤勝悟
発行所　株式会社MUGENUP
　　　　〒162-0822 東京都新宿区下宮比町2-26 KDX飯田橋ビル 5階
　　　　TEL：03-6265-0808(代表)　FAX：050-3488-9054
発売所　株式会社星雲社（共同出版社・流通責任出版社）
　　　　〒112-0005 東京都文京区水道1-3-30
　　　　TEL：03-3868-3275　FAX：03-3868-6588
印刷所　株式会社暁印刷

カバーデザイン◉spoon design（勅使川原克典）
本文デザイン◉五十嵐好明

Printed in Japan
ISBN 978-4-434-30189-6